지옥의 어릿광대

에도가와 란포 지음
박현석 옮김

玄 人

지옥의 어릿광대
(地獄の道化師)

에도가와 란포
(江戸川乱歩)

목   차

조각상 전차사고 사건

　도쿄 시를 일주하는 환상(環狀)국철에는 지금도 여전히 옛 정취를 느끼게 하는 시골 분위기의 건널목이 몇 군데 있다. 건널목을 지키는 초소가 있어서 전차가 지날 때마다 흑백 가로무늬를 새긴 차단봉이 내려오고, 건널목지기가 깃발을 흔든다. 도시마(豊島) 구 I역의 커다란 건널목이라 일컬어지는 곳도 그런 골동적 건널목 가운데 하나였다.

　그곳은 시의 중심에서 인구가 많은 도시마 구 외곽에 걸친 단 하나의 교통로였기에 밤이고 낮이고 도보로 다니는 통행자는 물론, 영업용 자동차, 트럭, 자전거, 사이드카 등의 교통이 매우 빈번해서 그러한 것들이 기다란 화물열차 같은 것을 기다릴 경우에는, 건널목의 차단봉이라도 부러뜨릴 듯 꼬리에 꼬리를 물고 밀려와 전쟁터와도 같은 소란을 연출했으며, 한 달에 한두 번은 반드시 떠들썩한 교통사고를 일으키곤 했다.

봄도 무르익어 뜨뜻미지근하게 살짝 흐린 어느 저물녘의 일이었다. 오후 5시 20분발 도호쿠행 화물열차가 건널목 부근의 인가를 흔들며 천천히 지나고 있었다. 평소와 다름없이 커다란 건널목의 차단봉 앞에는 온갖 종류의 탈것이 강가의 쓰레기처럼 운집하여 차단봉이 올라가기를 기다렸는데 한 치라도, 한 자라도 다른 사람들보다 앞에 나서려 유리한 위치를 다투며, 사람이고 자동차고 할 것 없이 엎치락뒤치락하고 있었다.

마침내 길고 긴 열차의 마지막 칸이 그곳의 창으로 내다보는 차장의 얼굴과 함께 북적이는 사람들을 비웃기라도 하듯 천천히, 천천히 지나갔다. 건널목지기의 호각이 울리고 차단봉이 허공으로 떠올랐다. 삽시간에 자동차 경적이 여러 가지 음색으로 서로에게 위협을 가하듯 울렸으며, 온갖 잡다한 차들이 홍수에 둑이라도 터진 것처럼 선로 위로 넘쳐나기 시작했다.

선로의 양쪽에 차단봉이 있기에 자동차의 홍수도 그 양쪽에서 밀려들어 좁다란 건널목의 통로를 스치듯 지나간다. 홍수의 물마루가 몇 줄기인가의 레일 위에서 부딪치는 것이다. 그야말로 혼란 상태였다. 건널목지기가 목이 터져라 정리를 하려 했으나 이 기세를 저지할 힘은 없었다. 트럭 운전수가 자전거를 타고 가는 상점의 점원에게 소리를 질렀다. 자전거는 자전거대로 걸어서 건너는 아주머니에게 호통을

쳐서 돌을 깔아놓은 통로 바깥으로 내쫓았다. 아이들은 울음을 터뜨렸으며, 노인과 아가씨는 얼굴빛이 변해 선로의 횡단을 포기해버리고 마는 형편이었다.

이 혼란스러운 자동차의 행렬 속에 1대의 이채로운 오픈카가 섞여 있었다. 상자 모양의 자동차들뿐인 가운데 오픈카가 있다는 사실만으로도 사람들의 시선을 끌었는데, 거기에 그 차의 객석에는 사람이 아니라 눈에 띄는 기묘하고 이상한 모양의 물건이 실려 있었다.

150㎝ 이상 되는 기다란 물건으로 거기에 희고 커다란 보자기 같은 것이 씌워져 있었지만, 그 하얀 천의 굴곡으로 봐서 내용물은 아무래도 사람의 모양을 하고 있는 것인 듯했다. 그것이 경직된 것처럼 직립한 자세로 객석의 쿠션에서 뒤쪽의 덮개 위까지 비스듬하게 불쑥 머리를 내밀고 있었다. 혼란 속에서 신경을 쓰는 사람조차 없었으나, 만약 예민한 관찰자가 그것을 보았다면 그 모양이 인간의 나체와 매우 흡사하다는 데서 섬뜩함을 느꼈을지도 모를 일이었다.

그 하얀 천 속에는 알몸으로 벗겨진 인간이 들어 있는 것 아닐까? 만약 그렇다면 경직된 시체가 아닐까? 그것을 저 운전수 녀석, 백주대낮에 태연한 얼굴로 어딘가 비밀 장소로 옮기고 있는 것 아닐까? 이런 한낮의 악몽에 시달린 사람도 없으리라고는 말하지 못하리라.

그런데 그 하얀 천 속의 물체가 무엇이었는지, 불행한

우연으로 인해 마침내 사람들의 눈앞에 드러나게 되었다.

자동차 경적이 비명처럼 요란스럽게 울렸다. 건널목지기의 섬뜩한 고함이 사람들을 깜짝 놀라게 했다. 그리고 뭔가 끔찍한 소리가 들렸다. 무엇인가가 격렬하게 부딪치는 울림이 느껴졌다.

사람들은 무슨 일이 일어났는지도 모르는 채, 자기방어를 위한 자세를 취하며 멈춰 섰다. 커다란 트럭이 레일 위를 지진처럼 흔들며 지나가고 있었다. 그 위에서 조그만 짐 상자가 대여섯 개, 넘쳐흐르듯 땅 위로 떨어졌다.

트럭이 지난 뒤에는 바로 그 오픈카가 바퀴를 건널목에 깔아놓은 돌 바깥으로 떨어뜨린 채 기우뚱하게 멈춰 있었다. 흙받이가 무참히도 휘어 있었다. 운전수가 차 밖으로 내팽개쳐졌는지 지금 자갈을 헤치며 일어서고 있는 참이었다. 아니, 그보다 객석에 누워 있던 그 기묘한 짐이 자취를 감추었다. 어떻게 된 걸까 둘러보니 지금 있었던 충돌의 여파로 그 하얀 천에 싸인 커다란 짐이 전차 레일 위에 내던져져 있었다.

내던져질 때의 충격으로 덮여 있던 하얀 천이 벗겨져 내용물이 그대로 드러나 있었다. 그것은 생각대로 인간이었다. 그러나 살아 있는 인간은 아니었다. 석고로 만든 나부의 입상이었다. 아마도 조각가의 아틀리에에서 전람회장으로라도 옮기는 도중이었던 듯했다.

미술전람회장에 숲처럼 늘어서 있는 그 조각상의 일종이었다. 그러나 그것이 이 혼잡한 거리의, 그것도 전차 레일 위에 알몸을 드러낸 채 누워 있는 광경은 사람들에게 뭐라 표현할 수 없는 이상한 느낌을 주었다. 있을 수 없는 일이 일어난 듯한 느낌이었다. 백주대낮에 벌거벗은 사람을 보았을 때의 그 수치심과 놀라움이었다.

　젊은 미녀의 조각상은 커다란 훼손도 없이 차가운 레일을 베개 삼아 모든 것을 체념한 듯 하늘을 향해 누워 있었다. 새하얀 알몸 전체에 커다란 금이 가 있기는 했으나 목과 손과 발 모두 붙어 있었다. 머리카락이나 손가락, 발가락처럼 튀어나온 부분이 약간 떨어져 있을 뿐, 오체를 전부 갖추고 있는 젊은 아가씨였다. '얼마나 부끄러울까. 가엾기도 하지.'라며 군중 속의 젊은 아가씨가 시선을 돌렸을지도 모른다.

　오픈카의 운전수는 타박상의 아픔으로 한동안은 얼굴을 찌푸린 채 서 있었으나, 건너편 레일 위의 나부에 문득 생각이 미치자 허겁지겁 그쪽으로 달려가려 했다. 동시에 맞은편에서 화가 난 건널목지기가 손에 신호기를 들고 시뻘게진 얼굴로 무엇인가를 외치며 나부 쪽으로 달려가고 있었다.

　요란스럽게 호각이 울렸다. 멀리서 달려오는 전차의 경적이 비명을 올렸다. "위험해, 위험해!"라고 외치는 소리가 군중 속에서 일었다. 그리고 시커먼 산과 같은 군중이 와아

하며 뒷걸음질 치기 시작했다. 건널목지기는 선로에 한쪽 발을 걸쳐 가로막고 서서 미친 듯이 빨간 신호기를 흔들어 댔다. 하필이면 그때 국철 전차가 나부의 석고상이 나뒹굴고 있는 레일을 똑바로 돌진해온 것이었다.

군중은 굉장한 땅의 울림과 속도가 일으키는 폭풍을 느꼈다. 심장이 방망이질 치는 것처럼 두근거렸다. 다섯 량이 연결된 전차는, 전차 자신이 나부를 치지 않으려 하는 커다란 고민을 내보이고 있었다. 급정차하려는 브레이크의 마찰음이 거대한 동물의 신음소리처럼 울려 퍼졌다.

아마도 승객은 차 안에서 한쪽으로 우르르 쓰러졌으리라. 전차는 관성의 법칙을 무시하려는 것이 아닐까 여겨질 만큼 갑작스럽고 굉장하게 멈춰 서려 했다. 그러나 숙련된 운전수의 필사의 노력도 끝내 소용없었다. 나부의 석고상은 앞쪽 차량의 바퀴에 걸려 2m 정도 밀려가고 말았다.

절단되지는 않았지만 바퀴가 파고든 나부의 허리 부분의 석고가 물보라처럼 흩날렸다. 그리고 전차가 멈춰 섰을 때, 석고상은 레일 바깥쪽으로 밀려나 처참한 상처를 노출한 채 엎드려 쓰러져 있었다.

멀리서 이를 지켜보던 사람들은 마치 살아 있는 사람이 치어 목숨을 잃은 것 같다는 충동에 휩싸였다. 조각상이 그 정도로 생생하고 정교하게 만들어졌기 때문이었다. 나부의 자세가 그 정도로 아름답고 살아 있는 듯 여겨졌기 때문이었다. 복부 부분에 벌어진 상처에서 핏줄기가 솟아오르지 않는 것이 이상하게 여겨질 정도였다.

전차 운전수가 차량에서 지상으로 내려와 건널목지기에게 무엇인가 호통을 쳐대고 있었다. 다섯 량 전차의 창으로 남녀 승객들이 머리를 나란히 내밀고 있었다. 전차에서 뛰어내린 성급한 젊은 승객도 보였다.

군중의 눈은 상처 입은 석고상에 집중되어 있었다. 그 곡선의 아름다움과 처참한 상처의 대조가 왠지 모르게 그들을 잡아끈 것이었다.

"이봐요, 저기 좀 봐요. 이상해요. 저 석고상의 깨진 부분에서 뭔가 배어나오기 시작했잖아요."

군중의 가장 앞줄에 있던 젊은 회사원풍의 사내가 옆의 대학생에게 말했다.

"그러게요. 빨간색인데요. 설마 석고상이 피를 흘릴 리도 없을 텐데……."

학생도 그쪽에 시선을 고정시킨 채 진지한 투로 대답했다.

"당신 눈에도 빨갛게 보이나요?"

이런 대화가 군중 속 곳곳에서 들려왔다. 조각상 속에 저렇게 새빨간 액체가 들어 있을 리 없었다. 그러나 지금 눈앞에 있는 나부의 입상이 입은 상처에서는 빨간 것이 보였다.

군중 속에서 와아, 심상치 않은 술렁임이 일어났다.

전차 운전수와 건널목지기가 석고상 위에 웅크리고 앉아 새파랗게 질린 얼굴로 상처를 살펴보고 있었다.

"죽은 사람이라도 넣어 굳힌 거 아닐까?"

운전수가 기분 나쁘다는 듯 속삭였다.

"응, 그럴지도 모르겠는데. 이 손 속에 진짜 사람의 손이 숨겨져 있는 걸지도 몰라."

건널목지기는 이렇게 말하고 손에 들고 있던 신호기 자루로 석고상의 한쪽 손목을 세게 내리쳤다.

아무리 그렇다 해도 이 얼마나 황당한 착상이란 말인가? 진짜 인간을 뼈대로 삼아 석고상을 제작하다니, 그게 제정신 박힌 사람의 생각일까? 이렇게도 정교하게 만들어진 것을 보면 틀림없이 전문 조각가가 만든 것일 텐데, 그렇다면 그 조각가는 미치광이인 것일까?

"이것을 나르던 자동차는 저기에 퍼져 있는 저 차겠지? 운전수는 어떻게 됐어?"

"맞아, 녀석을 찾아내야 해."

건널목지기가 군중을 향해 수상한 자동차의 운전수를 찾아달라고 커다란 목소리로 요청했다.

그러나 운전수의 모습은 어느 틈엔가 혼잡함 속에 뒤섞여 어딘가로 사라져버리고 말았다. 그는 이 조각상 속에 사람의 시체가 숨겨져 있다는 사실을 알고 있었던 것일까? 아니면 석고상이 피를 흘린 소동에 마음이 동요되고, 뒤에 있을 곤란을 두려워하여 도망친 것일까? 군중의 협력에도 불구하고 자동차 운전수는 언제까지고 모습을 드러내지 않았다.

그러는 사이에도 뒤에서부터 다른 전차가 달려오고 있었기에 운전수는 사건에 매달려 있을 수 없었다. 석고상은 그냥 내버려두고 승객의 머리를 주렁주렁 매단 채 전차는 출발했다.

건널목지기에게도 임무가 있었다. 그는 서둘러 군중을 선로 밖으로 내쫓은 뒤, 소동을 듣고 달려온 I역의 역무원에게 이 사실을 경찰에 알려달라고 부탁했다.

뒤이어 I역의 역장과 다수의 관계자가 달려왔다. 전화로 소식을 듣고 I경찰서의 담당관 몇 명이 찾아왔다. 소동은 시시각각으로 커져만 갔다.

"이건 커다란 범죄사건이 될 겁니다. 탐정소설에나 나올 법한 얘기 아닙니까? 나체의 미인상 속에 젊고 아름다운 여자의 시체가 감춰져 있다니."

경찰에게 내쫓겨 멀리 울타리 밖에서 검은 산을 만든 군중 속에서 이런 대화가 오가고 있었다.

"맞아요. 이번 범인은 굉장히 교활한 놈이에요. 저렇게 평범한 석고상으로 보이게 해서 전람회에라도 출품할 생각이었던 걸지도 몰라요."

"미친 짓이야. 하지만 미치광이 중에서도 아주 영리한 놈이야."

　내쫓아도, 내쫓아도 군중은 늘어나기만 할 뿐이었다. 건널목의 양쪽에는 어느 틈엔가 다시 자동차와 자전거의 홍수가 넘쳐날 듯 밀려들어 있었다. 경적 소리, 서로에게 외치는 소리, 여자와 아이들의 비명. 거기에는 신경도 쓰지 않고 구경꾼들이 꼬리에 꼬리를 물고 모여들었다.

괴이한 조각가

　시체를 감싼 석고상은 일단 I경찰서의 한 방으로 옮겨져 검사의 입회하에 재판의의 손으로 검시가 행해졌다. 석고상 인 채로 사진을 촬영한 뒤, 석고를 전부 뜯어내 시체를 꺼내 놓고 보니 생각했던 대로 그것은 스물두어 살쯤 된 아름다 운 여자의 시체였다.

　그러나 아름답다는 것은 몸을 말한 것이지 얼굴을 말한 것은 아니었다.

　왜냐하면 그 시체의 안면은 원형을 거의 잃은 상태였기 때문이었다.

　말할 것도 없이 살인사건이었다. 그 군중 속에서 아는 척 오갔던 대화가 멋지게 적중한 것이었다. 살인 중의 살인, I서는 물론 경찰청의 어떤 관할에서도 전례를 찾아볼 수 없을 만큼 극악무도한 일대 살인사건이었다.

　얼굴을 알아볼 수 없는 데다가 몸에 이렇다 할 특징도

없었기에 피해자의 신원파악에는 상당한 어려움을 각오하지 않으면 안 될 듯했다. 게다가 그 수상한 자동차의 운전수도 어디로 모습을 감추었는지 행방을 전혀 알 수 없었으나, 다행스럽게도 수상한 자동차 자체가 번호판이 달린 채로 현장에 남아 있었기에 우선은 그 자동차의 주인을 밝혀내서, 만약 자가용차가 아니라면 그 소유사에 석고상 운반을 의뢰한 사람을 찾아내는 손쉬운 방법이 있었다. 운반을 의뢰한 인물이야말로 아마도 범인임에 틀림없으리라.

조사 결과 자동차 소유주는 곧 판명되었다. I서 관내에 있는 시바타라는 임대전문 자동차회사였다. 이에 형사가 그 자동차회사로 찾아가 탐문을 해보니 예의 운전수는 사건에 연루되는 것을 두려워한 나머지 행방을 감춰버린 듯 아직 돌아오지 않았으나, 운반을 의뢰한 사람은 아주 간단히 밝혀낼 수 있었다. 역시 I서 관내의 S동라는 한적한 동네에 살고 있는 조각가 와타누키 소진이라는 인물이 그였다.

시바타 자동차회사 사장의 말에 의하면, 이 소진이라는 조각가는 머리를 길게 기른 서른대여섯 살쯤의 호리호리한 사내로, 자신이 지은 아틀리에에서 기인처럼 혼자 사는 독신자라는 것이었다. 특별히 친구도 없는 듯 찾아오는 사람도 거의 없다는 소문이었으며, 특별히 어느 미술단체에 소속되어 있다는 얘기도 듣지 못한, 언뜻 특이한 사내라는 것이었다.

그 아틀리에가 있는 S동이라는 곳은 문제가 일어난 커다란 건널목에서 그다지 먼 곳도 아니었기에 만약 그 와타누키 소진이 범인이라면 벌써 소동을 알아차리고 몸을 숨겼을 것임에 틀림없었지만, 어쨌든 근처까지 가서 모습을 살펴보기 위해 형사는 그 걸음에 S동으로 가보았다.

아틀리에는 새로 조성한 주택지의 산울타리 사이에 낀 외진 장소에 세워져 있었다. 그저 형식뿐인 문기둥이 있고 대문도 열린 채였기에 그 안으로 들어서니 바로 황폐한 목조 아틀리에의 출입구였다. 니스가 벗겨진 문이 닫혀 있었다. 손잡이를 돌려봐도 덜컥덜컥하는 소리만 들릴 뿐 열리지는 않았다. 잠겨 있는 것이었다.

사람을 불러봤으나 대답이 없었기에 형사는 건물 옆으로 돌아들어 유리창 너머로 아틀리에의 내부를 들여다보았다. 실물 크기의 남녀 입상이 서너 개, 덮개도 씌우지 않은 채 구석에 세워져 있었다. 그 옆에 갑옷을 넣어두는 낡은 궤짝이 놓여 있었다. 한쪽 벽 옆에 시커멓고 지저분해 보이는 갑옷이 세워져 있었다. 석고로 만든 남자의 머리가 나뒹굴고 있었다. 팔과 다리가 내팽개쳐져 있었다. 한쪽에 있는 대 위에는 점토 덩어리 같은 것이 쌓여 있었다. 그런가 하면 다른 한쪽 구석에는 물이 든 양동이가 놓여 있었다. 가스풍로 위에 법랑을 바른 주전자가 올려 있었다. 지저분한 책상이 있고, 그 위에 스케치북과 함께 통조림통과 사발이 내던져져 있어서 매우 난잡한, 마치 유령의 집 같았다.

널따란 작업장 옆에 침실인 듯한 조그만 방이 있었는데 그곳도 문이 열린 채였으며, 평소 개지도 않는 이불이 그대로 깔려 있는 것을 보니 주인인 소진은 아무래도 부재중인 듯했다. 숨으려 해도 한눈에 둘러볼 수 있는 이 아틀리에 안에는 숨을 만한 곳이 없을 듯했다.

실내의 모습을 한 바퀴 둘러본 뒤 문을 나선 형사는 마침 지나가던 이웃집 하녀를 붙들어 아틀리에의 주인이 어디로 갔는지 아느냐고 물어보았으나 하녀는 얼굴을 찡그리고, "그런 역마살이 낀 사람의 행방을 어떻게 알겠어요."라고 대답했다. 이 한마디로 와타누키 소진이 동네에서 평판이 좋지 않다는 사실을 대충 짐작할 수 있었다.

그 외에도 부근의 집 두어 채를 물으며 돌아다녔으나 소진이 상상 이상의 기인이라는 사실만 알아냈을 뿐, 언제 어디로 갔는지는 조금도 알아낼 수가 없었다.

이 형사의 보고에 따라 마침 I서로 달려와 있던 경찰청의 수사계장과 I서의 사법주임과 몇 명의 형사가 곧장 아틀리에로 가서 실내를 한바탕 수색했으나 이렇다 할 발견은 없었고, 소진은 낌새를 차리고 허둥지둥 달아난 것이라 추정되었다.

이렇게 된 이상 한편으로는 각 서에 피의자의 인상과 풍모를 알려 비상선을 치는 동시에, 피의자와 조금이라도 교

제가 있던 조각가 동료들을 찾아내 소진이 들를 만한 곳을 밝혀내는 것 외에는 방법이 없다고 모두의 뜻이 모아져 일이 결정되었기에 각각 그 작업이 행해졌다.

그러나 여기에 한 사람, 상관의 결정에 불만을 품은 사람이 있었다. 그것은 아틀리에를 가장 먼저 조사한 형사였다. 이름은 소노다, 이제 막 서른 살이 넘은 혈기왕성한 젊은이였다.

그는 아직 신참 형사였기에 상관의 눈치를 보느라 입 밖으로 내서 주장하지는 않았지만 마음속으로는,

'이 무슨 어처구니없는 실수란 말인가. 어째서 아틀리에를 감시하지 않는 거지? 피의자는 모든 것을 내팽개치고 도망쳤으니 어쩌면 밤의 어둠을 틈타 다시 한 번 아틀리에로 돌아올지도 모르잖아. 아니, 틀림없이 돌아올 거야. 그런 괴팍한 사람을 숨겨줄 친구가 있을 리 없어. 자신의 옛 소굴로 되돌아올 게 뻔해.

그래, 내가 한번 잠복을 해주겠어. 뭐, 기껏해야 엉터리 미술가 따위, 혼자서도 충분해. 다행히 오늘 밤은 비번이니 무료로 잠복해주기로 하자. 잘만 하면 승급감이니. 동료들에게 공로를 나눠주는 것도 아까운 일이지.'

혈기왕성한 야심가인 소노다는 이렇게 자문자답하고 일단 서에서 귀가하자마자 배를 채우고 가벼운 복장으로 갈아입은 뒤 S동의 수상한 아틀리에로 갔다.

벌써 밤 8시에 가까워서, 한낮에도 한적한 그 부근은 마치 한밤중처럼 고요했다. 날이 흐려서 별빛 하나 보이지 않는, 어딘가 으스스한 밤이었다.

낮에 들은 말에 의하면 와타누키 소진은 요즘 매우 궁핍해서 전기료조차 내지 못했기에 송전이 중단되어 밤이면 촛불로 생활하고 있다고 했는데, 아니나 다를까 문에 등도 없었으며 아틀리에 안도 새카만 어둠에 잠겨 있었다.

소노다 형사는 어둠 속을 더듬어 낮에 보아두었던 아틀리에 옆쪽의 유리창을 가만히 열고, 그곳을 통해 실내로 숨어들었다. 그리고 준비해온 손전등으로 아틀리에 내부를 비춰 보았으나 특별히 이상한 점은 없었다. 소진이 돌아온 듯한 기미는 보이지 않았다.

'어디, 하룻밤 천천히 농성을 해볼까. 몸을 숨길 장소는 이 갑옷을 넣는 궤짝이야. 정말 좋은 생각이로군. 설령 놈이 돌아와서 촛불을 밝힌다 할지라도 궤짝 안까지 신경을 쓰지는 않을 테니.'

형사는 자랑스럽다는 듯 마음속으로 중얼거리며 갑옷궤의 뚜껑을 열고 거기에 아무것도 들어 있지 않다는 사실을 확인한 뒤, 그 안으로 몸을 쏙 넣었다. 소노다의 체구가 작았으며 매우 커다란 갑옷궤였기에 다리를 구부리고 갑갑한 것을 조금만 참으면 몸 위로 뚜껑을 완전히 닫을 수도 있었다.

"후후후, 이거 생각 외로 편안한데. 졸리면 잠깐 졸아도 되겠어. 하지만 초저녁에는 우선 캐러멜이라도 먹으며……."

소노다는 주머니에 넣어가지고 온 캐러멜을 바로 입 안에 물고 갑옷궤의 뚜껑을 가느다랗게 열어 어둠 속에서 눈을 커다랗게 떴다.

가끔 불편한 자세 그대로 어렵게 손전등을 켜서 손목시계를 보았으나, 시간은 느릿느릿 좀처럼 흐르지 않았다. 숨이 끊어진 듯한 어둠과 정적 속에서는 시계마저 속도가 둔해지는 걸까 의심이 들 정도였다.

8시부터 9시까지의 1시간은 하룻밤만큼의 길이였으며, 그것이 10시까지의 1시간은 한층 더 길게 느껴져 이 상태로 아침까지 견딜 수 있을까 걱정이 될 정도였다.

그런데 10시를 조금 넘었을 무렵, 문 밖에서 요란스럽게 개 짖는 소리가 한동안 계속되는가 싶더니 아틀리에 밖에서 사람의 발소리가 들려왔다. 아무래도 대문으로 들어와 이쪽으로 다가오고 있는 듯했다.

소노다는 그 조그만 소리에 퍼뜩 긴장하여 자신도 모르게 귀를 기울였는데, 그러자 발소리가 아마도 아틀리에의 입구 부근이라 여겨지는 곳에서 멈추더니 곧 달그락달그락 열쇠를 돌리는 듯한 소리가 들려왔다.

'아아, 역시 맞아. 소진이 돌아온 거야. 소진이 아니라면 그 외에 열쇠를 가진 사람이 있을 리 없어. 아무리 그래도 아직 10시잖아. 정말 간도 큰 녀석이군. 좋았어, 드디어 전쟁이야.'

소노다는 가슴을 두근거리며 갑옷궤 뚜껑의 틈사이로 입구 쪽을 노려보았다.

맞음새가 좋지 않은 문이 끼익 울리는 소리가 났다. 그리고 뚜벅뚜벅 바닥을 밟는 구두소리, 어둠 속을 망설임 없이 걷는 것으로 보아 틀림없이 아틀리에의 주인이었다.

발소리는 어딘가 방 맞은편의 구석쯤에서 멈춘 채 한동안 끊어졌다. 무엇을 하는 것인지 달그락달그락 희미한 소리가 들리다, 곧 슥 성냥을 긋는 소리가 들리더니 빨간 빛이 휙 비췄다. 아아, 촛불을 켰구나.

촛대를 손에 들고 천천히 방 한가운데로 걸어오는 모습이 정면으로 보였다. 목덜미까지 늘어뜨린 긴 머리, 헐렁헐렁한 양복, 바지의 선이 전혀 보이지 않게 된 커다란 바지, 아주 호리호리한 키와 몸매까지, 말로 들었던 와타누키 소진임에 틀림없었다.

아아, 그런데 이 녀석은 또 얼마나 섬뜩한 얼굴을 하고 있는지. 촛불의 음영 탓도 있을 테지만, 한껏 말라 광대뼈가 튀어나온 얼굴은 그야말로 해골을 쏙 빼닮지 않았는가. 그 기이한 모습의 길고 가느다란 얼굴 가운데서 2개의 눈만이 이상할 정도로 크게 튀어나와 열병을 앓고 있는 사람처럼 형형하게 빛났다. 미치광이다. 미치광이의 눈이다.

　'잠깐, 저 녀석 대체 무엇 하러 여기로 돌아온 거지? 설마 한가롭게 아틀리에 안에서 잘 생각은 아니겠지? 그래, 저 녀석이 무엇을 하는지 천천히 지켜보기로 하자. 체포는 그 뒤에 해도 늦지 않아.'

　소노다는 자문자답하며 한시도 괴이한 인물에게서 눈을 떼지 않았다. 촛대를 든 사내는 방 한가운데까지 와서 거기에 선 채로 뭔가 이상하다는 듯 주위를 둘러보더니, 묘하게 갈라지는 목소리로 혼잣말을 시작했다.

　"어, 이상한데. 누군가 여기에 들어온 사람이 있었군. 흠."

　말하며 괴이한 인물이 갑옷궤를 힐끗 보았기에 소노다는 고개를 움찔 움츠렸다.

　'녀석 내가 숨어 있다는 사실을 깨닫고 일부러 빈정거린 걸까? 그래도 설마 갑옷궤 안에 있으리라고는 눈치 채지 못했을 거야. 괜찮아, 만약의 사태가 벌어진다 해도 일대일이야. 힘으로 맞붙어서 질 리가 없어. 조금만 더 상황을 지켜보기로 하자.'

　소노다가 이런 생각을 하고 있는 동안 다시 방의 구석쪽으로 간 괴이한 인물은 거기에 있는 책상의 서랍을 열어 뭔가 달그락거리다가, 곧 천천히 천천히 이쪽으로 걸어왔다.

　"훌륭하군. 멋진 영감이야. 와하하하하하. 자, 일을 해야지. 멋진 일을 시작하는 거야. 유쾌하군, 유쾌해. 와하하하하하."

영문을 알 수 없는 말을 떠들어대고는 아주 재미있어서 견딜 수 없다는 듯 웃음을 터뜨렸다. 웃을 때마다 기다란 머리카락을 어지럽게 흔들며 해골 같은 얼굴을 천장으로 향했는데, 그러면 촛불의 적갈색 빛을 받아 위아래의 길고 누런 이가 그대로 드러나고 이상할 정도로 거뭇한 혀가 꿈틀꿈틀 움직여 이 세상 사람 같지 않은 섬뜩한 느낌을 주었다.

일이라니, 그렇게 커다란 범죄를 저질러놓고 이런 한밤중에 대담하게 어떤 조각이라도 시작하려는 것일까? 손에는 커다란 쇠망치를 들고 있었다. 조금 전 주머니에 무엇인가를 넣는 것 같았는데 그건 정이었을까? 그리고 지금부터 목조라도 시작하려는 것일까? 상대방의 너무나도 엉뚱한 뜻밖의 행동에 무엇을 생각할 틈도 없이 소노다는 갑옷궤 뚜껑의 틈을 가능한 한 좁게 해서 계속 그 모습을 가만히 지켜보았다.

괴이한 인물은 오른손에 쇠망치, 왼손에 촛대를 든 이상한 모습으로 슬금슬금 이쪽으로 다가왔는데, 갑옷궤에서 대여섯 걸음쯤 떨어진 거리가 되자 무슨 생각을 한 것인지 마치 나는 새와도 같은 빠르기로 훌쩍 갑옷궤로 뛰어들어 그 위에 앉아버렸다.

"와하하하하하. 유쾌하군 유쾌해. 이봐, 안에 있는 놈, 내 말이 들리는가? 와하하하하, 내가 갑옷궤의 틈새를 깨닫지 못할, 그런 멍청이인 줄 알았는가? 내 눈은 말이지 고양이의 눈이야. 아니, 표범의 눈이야. 아무리 어두운 곳에서도 한낮처럼 또렷하게 볼 수 있어.

내가 일을 하겠다고 한 말을 들었겠지? 대체 무슨 일이라고 생각했나? 와하하하하하, 그건 말이지 못과 망치로 하는 일이야. 쉽게 말해서 네놈을 생포하는 일이지. 자, 이렇게 하는 거야. 들리는가? 이건 못을 박는 소리야."

괴이한 인물이 얄밉게 말하며 갑옷궤의 뚜껑에 대못을 박기 시작했다.

소노다는 그 소리를 듣고 드디어 상대방의 진의를 깨달을 수 있었다. 아아, 방심했어. 처음 수수께끼 같은 말을 들었을 때 그걸 깨달았어야 했는데. 그야 어찌 됐든, 이 얼마나 끔찍한 놈이란 말인가. 마치 미친 놈 같은 헛소리를 중얼거리며 이 어둠 속에서 순간적으로 그가 숨어 있는 장소를 찾아내 잠시의 틈도 주지 않고 뚜껑 위에 앉아버리다니. 도저히 풋내기 소노다가 맞설 수 있을 만한 상대가 아니었다.

그래도 하는 데까지 해보자며 소노다는 온몸의 힘을 담아 아래서부터 갑옷궤의 뚜껑을 밀어 올리려 했으나 안타깝게도 다리를 접은 불편한 자세로는 충분한 힘을 쓸 수 없었기에 그 비쩍 마른 몸이 천근의 무게로 누르고 있는 듯 여겨졌으며, 궤에 꼭 맞게 만들어진 튼튼한 뚜껑이 미동조차 하기도 전에 하나, 둘, 셋, 순식간에 못이 박혀버리고 말았다.

힘으로는 안 된다는 사실을 깨달았기에 이번에는 있는 힘껏 목소리를 짜내 외치기 시작했다. 움직일 여유가 있는 한도 안에서 손발을 버둥거리며 목이 터져라 외치고 또 외쳤다.

그러나 틈새도 없이 밀폐된, 튼튼한 갑옷궤였다. 설령 목소리가 새어 나온다 해도 멀리까지 들릴 리가 없었다. 아아, 이럴 줄 알았다면 동료 중 누군가를 데려오는 건데, 하고 후회해봐야 이미 되돌릴 수 없는 일이 되어버리고 말았다.

소리치기도 하고 발버둥치기도 하고, 거기에 초조한 마음도 있었기에 목이 바짝 말랐으며, 심장은 굉장한 속도로 고동치고 있었다. 아니, 그보다도 왠지 숨이 막히기 시작했다. 산소가 부족한 것이었다. 옛 장인이 수고를 아끼지 않고 만든 갑옷궤였기에 밀폐되어버리면 숨결이 드나들 틈조차 없는 것이리라.

그런 생각이 들자 소노다 형사는 오싹함을 느끼지 않을 수 없었다. 그는 산소가 없어질 것이라는 예감에 두려워져서 입을 잉어처럼 뻐끔거렸고 그 입을 점점 크게 벌려 목을 식식 울리며 질식 일보직전에 몸부림을 쳤다.

화염 속의 애벌레

아무리 몸부림쳐봐야 소용없는 일이었다. 괴이한 인물은 뭔가 알아들을 수 없는 저주의 말을 중얼거리며 갑옷궤 뚜껑을 밟은 채, 순식간에 못을 박아버리고 말았다.

"와하하하하하, 이렇게 해두면 걱정할 것 없어. 그럼 이 녀석이 몸부림치는 소리를 들으며 그것을 안주 삼아 한잔 할까."

이 얼마나 대담하기 짝이 없는 괴물이란 말인가. 괴이한 조각가는 이런 말을 중얼거리며 방의 구석으로 가서 위스키 병과 잔을 꺼내가지고 왔다. 그리고 갑옷궤 위에 털썩 앉아 홀짝홀짝 마시기 시작했다.

빛이라고는 바닥에 놓은 촛대 위 단 한 자루의 촛불뿐. 그 적갈색 광선이 해골과도 같은 소진의 얼굴을 턱 아래에 서부터 비추고 있었다. 마치 저승에서 기어나온 듯 무시무시한 형상이었다. 뻐끔뻐끔 벌릴 때마다 어두운 동굴처럼 보이는 입, 주름투성이 뺨, 번쩍번쩍 빛나는 야수와도 같은 눈.

"와하하하하하, 쉴 새 없이 몸부림치는군. 좀 더 몸부림치도록 해. 이 갑옷궤가 네 녀석의 힘 정도로 쉽게 부서지지는 않을 테니."

이런 말을 거듭 외치고는 미친 사람처럼 웃어댔다. 그리고 위스키를 들이켜고는 기다란 혀로 날름날름 입맛을 다셨다.

"아니, 잠깐만. 이대로는 재미가 없지. 아아, 그래. 이봐, 선생, 좋은 생각이 났어. 잠깐 기다려, 네놈을 곧 편안하게 해줄 테니. 조금만 참아. 편안해질 거야. 하하하하하. 편안하게 해줄게."

도무지 알아들을 수 없는 말로 떠들더니 소진은 비틀비틀 자리에서 일어났다. 벌써 심하게 취한 모양이었다.

갑옷궤 안에서는 소노다 형사가 정신없이 몸부림을 치고 있었는데, 밖에서 희미하게 "편안하게 해주겠다."는 말이 거듭 들려오더니 앉아 있던 괴이한 조각가가 일어선 듯한 기척에 자신도 모르게 소름이 돋아 몸부림을 멈췄다.

'편안하게 해주겠다.'니 대체 무엇을 의미하는 걸까? 혹시 녀석, 나를 죽이려는 것 아닐까? 맞아. 틀림없이 그거야. 그냥 이 안에 가둬둔 채로 범인이 여기를 떠날 수 있을 리 없잖아. 나한테 얼굴을 보였기 때문이야. 범인은 나를 죽이지 않고는 안심할 수 없을 거야.

이런 생각을 하는 동안 소진은 갑옷궤 옆으로 돌아와 있었다. 희미한 발소리가 잠시 멀어졌다가 다시 가까이로 온 것이었다. '편안하게 해줄' 도구를 가지러 갔던 게 틀림없어. 권총 아닐까? 녀석, 궤 밖에서 갑자기 권총을 발사해서 단번에 나를 죽일 생각을 한 것 아닐까?

소노다 형사는 심장이 얼어붙을 것 같은 심정으로 온몸에 식은땀을 흘리며 몸을 움츠렸다.

녀석은 미치광이야. 그 눈은 미치광이의 눈이었어. 틀림없이 살인광이야. 그런 녀석이 '편안하게 해주겠다.'고 말한 뒤, 궤 바깥으로 살금살금 다가온 것이었다.

당장이라도 탕하는 소리가 들리고 갑옷궤에 구멍이 뚫려 가슴으로 납덩어리가 파고드는 것 아닐까 하는 생각이 들자, 살아 있는 것 같다는 느낌도 들지 않았다.

그러나 권총 소리는 언제까지고 들려오지 않았다. 그 대신 판자가 묘하게 삐걱거리는 듯한 소리가 들려오기 시작했다. 그리고 갑옷궤가 희미하게 흔들리는 것이 느껴졌다.

무엇인가로 갑옷궤에 흠집을 내고 있는 것이었다. 아니, 구멍을 뚫려 하고 있는 것이었다. 틀림없이 날카로운 것이리라. 칼 아닐까? 맞아, 칼이다. 칼날 끝으로 궤의 판자를 슥슥 문지르고 있는 것이다.

알았다. 미치광이 놈, 궤 바깥에서 칼을 찔러 넣어 나를 죽일 셈이로군.

소노다 형사는 그 순간 묘한 광경을 떠올렸다. 언젠가 보았던 마술의 한 장면이었다. 무대에 마치 이 갑옷궤 같은 나무상자가 놓여 있었다. 그 안에 소녀 하나가 갇혀 있었다. 그곳으로 서양의 마법사 같은 차림의 마술사가 번쩍번쩍 빛나는 장검을 7, 8개나 들고 모습을 드러냈다.

마술사는 그 장검을 한 자루 한 자루, 나무상자 안으로 찔러 넣었다. 위에서도, 옆에서도, 대각선으로도, 그렇게 해서 안의 소녀는 무참히도 벌집을 쑤셔놓은 것처럼 되는 것이다. 상자 안에서 꺄악 하는 슬픈 비명이 들려왔다.

그거야. 지금 나는 그것과 똑같은 꼴을 당하고 있는 거야.

슥슥, 날붙이의 소리가 점점 궤의 판자 속으로 파고들었다. 곧 날카로운 칼끝이 보이리라. 몸을 피하려 해도 피할 공간이 없었다. 칼끝은 틀림없이 가슴을 똑바로 찌르리라.

소노다는 더 이상 참을 수가 없어서 그 마술의 소녀처럼 비명을 지를까도 싶었다.

툭, 소리가 들리더니 궤에 구멍이 뚫렸다. 어두워서 잘은 모르겠지만 칼끝과 같은 것이 상자 안으로 비집고 들어온 모양이었다.

퍼뜩 놀라 눈을 감았으나 아무런 일도 일어나지 않았다. 이상한데. 칼은 그 이상 안으로 파고들지 않았다. 눈을 떠보니 거기에 커다란 구멍이 뚫려 있었다. 촛불의 빛이 스며들고 있었다. 지금까지 숨 막히는 듯한 느낌이었으나, 그런 모습을 봐서인지 호흡이 편안해진 것 같았다.

"하하하하하, 이 녀석 깜짝 놀란 모양이군. 살해당하는 줄 알았나? 와하하하하, 아직은 죽이지 않을 거야. 목숨을 조금 연장해준 거야. 질식해버리는 건 재미없으니까. 숨 좀 쉬라고 구멍을 뚫어준 거야. 어때? 내 목소리가 잘 들리지?"

아니나 다를까, 괴이한 인물의 갈라진 목소리가 이전보다 뚜렷하게 들려왔다. 숨결의 술 냄새까지 나는 듯한 느낌이었다.

"이봐, 넌 대체 나를 어쩌려는 거지?"

판자의 구멍에 입을 가져가듯이 해서 외치자 괴이한 조각가가 자못 재미있다는 듯 다시 웃었다.

"와하하하하하, 걱정이 되는가? 괜찮아, 잡아먹을 생각은 없으니까. 그냥 잠깐 술안주로 삼으려는 거야. 네놈의 목소리가 들리지 않으면 전혀 술안주가 되질 않잖아. 와하하하하하."

괴물은 다시 갑옷궤에 걸터앉아 입맛 다시는 소리를 내가며 술을 마시기 시작한 모양이었다. 한 모금 마시고는 뭔가 독설을 퍼부었다. 그리고 커다란 웃음소리를 냈다. 안 그래도 미치광이 같은 녀석이 술에 취하기 시작했으니 하는 말이라고는 갈피를 잡을 수 없는 것뿐이었다.

처음에는 소노다도 진지하게 받아들여 대답을 했으나 마

침내는 한심하게 느껴졌다. 술 취한 사람에게 무슨 말을 해봐야 소용없는 일이라는 생각이 들었다. 그랬기에 입을 다문 채 갑옷궤에서 빠져나갈 방법을 부지런히 생각해보았다.

소진은 1시간쯤 떠들어대고 싶은 대로 독설을 퍼부으며 희열에 잠겨 있었으나, 그러다 말이 점점 불명료해져 갔다. 혀가 꼬부라지게 되었다. 그리고 잠시 지나자 이상한 헛소리 사이로 묘한 소리가 섞이게 되었다. 코고는 소리였다. 앉은 채로 코를 골기 시작한 것이었다.

쨍그랑 유리 깨지는 듯한 소리가 들렸다. 손에 들고 있던 양주병이나 컵이 바닥에 떨어진 것이리라. 그 다음에는 좀 더 크고 둔탁한 소리를 내며 소진 자신이 바닥 위로 떨어졌다. 그리고 이후부터는 쥐 죽은 듯 고요한 아틀리에 안에 괴물의 코고는 소리가 끊어졌다가는 이어졌다.

지금이 기회다. 이 사이에 갑옷궤를 깨고 녀석을 묶어야 한다.

소노다는 힘을 실어 몇 번이고 몇 번이고 갑옷궤의 뚜껑에 박치기를 해보았다. 그러나 튼튼한 궤짝은 좀처럼 깨지지 않았다. 그저 못이 느슨해졌는지 뚜껑이 얼마간 위로 올라간 듯 여겨질 뿐이었다.

힘이 다해 늘어져 있자니 궤 바깥에서 문득 어떤 기척이 느껴졌다. 희미한 소리가 들려왔다. 그렇다면 소진이 눈을 뜬 것일까 싶어 귀를 기울여보았으나 코고는 소리는 역시 들리고 있었다. 그 코고는 소리에 섞여 다른 희미한 소리가 들려왔다.

소진 외에 누군가가 있다. 하지만 어느 틈에 누가 들어온 것일까? 문 여는 소리도 들리지 않았었다. 발소리도 나지 않았었다. 그래도 틀림없이 누군가가 있었다. 아주 가느다랗게 숨 쉬는 소리까지 들려왔다.

소노다는 왠지 섬뜩함이 느껴졌다. 벌써 12시가 지난 한밤중, 초도 다 타들어가려고 하는 아틀리에 안으로 누군가가 숨어들어 목소리도 내지 않고 바스락바스락 움직이고 있었다. 사람일까, 아니면 사람보다 더 무시무시한 것일까?

가만히 숨을 죽인 채 귀를 기울이고 있자니, 마침내 그 희미한 소리는 그쳤으나 특별히 돌아다니는 발소리도 들리지 않았다. 어둑한 방구석에 가만히 웅크리고 있는 것일지도 몰랐다. 하지만 무엇을 위해서? 아아, 대체 무엇을 위해서?

소진의 코고는 소리는 아무 것도 모른다는 듯 계속되고 있었다. 인사불성으로 취해서 정신없이 자고 있는 것이다.

소노다는 어떻게 해야 좋을지 가늠할 수가 없었다. 누구인지도 모를 그 침입자에게 말을 걸어볼까? 하지만 만약 소진과 같은 부류라면…….

갈피를 잡지 못하고 망설이는 동안 시간이 흘러갔다. 아무리 기다려도 더 이상 몸을 움직이는 소리는 두 번 다시 들려오지 않았다. 그런데 이건 또 뭐지? 사람의 기척이 아니었다. 어딘지 이상한 소리가 방 한쪽 구석에서부터 희미하게 울려왔다. 타닥타닥 무엇인가가 터지는 듯한 소리였다. 희미하기는 했으나 어딘가 심상치 않은 소리였다.

이상한 냄새가 났다. 무엇인가가 타는 냄새였다. 그렇다면 저 희미하게 타닥타닥 들려오는 소리는 불이 타는 소리란 말인가? 누군가가 밖에서 모닥불을 피운 것일까?

아아, 맞아. 역시 무엇인가가 타고 있어. 냄새는 더욱 강해질 뿐이었다. 타닥타닥 튀는 소리도 점점 격렬해지고 있었다. 그뿐만이 아니었다. 궤의 구멍으로 슬금슬금 한 줄기 연기가 들어오는 것처럼 느껴졌다. 연기다. 숨이 막혀. 그렇다면 불이 타고 있는 것은 방 안이란 말인가?

어딘가 묘하게 가슴이 두근거렸다. 어처구니없는 일이 벌어진 것 같다는 예감이 들었다.

연기는 더욱 심해져 갔다. 그리고 한시도 더는 궤 안에 있을 수 없게 되었을 때, 은근한 따스함이 소노다의 몸에까지 느껴졌으며 궤의 구멍으로 촛불의 빛과는 달리 묘한 섬뜩함이 느껴지는 붉은 빛이 깜빡깜빡 깜빡이기 시작했다.

불이야. 아틀리에가 불길에 휩싸인 거야.

그렇게 깨달은 순간, 소노다는 마치 미치광이처럼 날뛰기 시작했다. 온몸의 힘을 있는 힘껏 짜내서 몸부림쳤다. 몸

곳곳에 상처가 나고 피까지 흘렀으나 그런 것에 신경 쓰고 있을 여유는 없었다. 미친 듯 필사적으로 짜내는 힘은 놀라운 것이어서, 몸부림에 몸부림을 치고 발버둥에 발버둥을 치자 그렇게도 단단했던 갑옷궤도 우지끈 소리를 내며 깨지기 시작했다. 아니, 깨지기에 앞서 뚜껑에 박았던 못이 먼저 느슨해지기 시작했다. 됐다 싶은 순간 그의 몸은 소용돌이 치는 연기 속에 있었다. 뚜껑이 열려 궤 속에서 몸을 일으킬 수 있게 된 것이었다.

둘러보니 아틀리에 안은 대낮처럼 밝았다. 한쪽 판자벽은 이미 절반쯤 불에 타서 시뻘건 화염이 수백, 수천 마리 독사의 혀처럼 천장을 핥고 있었다. 바닥에서는 누런 연기가 소용돌이치며 흐르고 있었고, 그 연기 아래로 빨간 것이 번뜩번뜩 빛나고 있었다.

소진은, 하고 바라보니 그 연기 속에 쓰러진 채 기침을 하며 뒹굴뒹굴 나뒹굴고 있었다. 취해서 일어서지도 못하는 걸까 싶었으나, 그게 아니었다. 어느 틈에 누가 그런 것인지, 괴이한 조각가는 노끈으로 온몸이 꽁꽁 묶여 있었다.

손발의 자유를 잃은 살인귀는 그저 애벌레처럼 몸을 꿈틀거리고 있을 뿐이었다. 아직 술은 거의 깨지 않았는지 영문을 알 수 없는 헛소리를 지껄이며 연기 속에서 신음하듯 몸부림치고 있었다.

애벌레다. 모닥불 속에 던져져 괴로워하고 있는 그 기분 나쁜 애벌레와 똑같다.

　그러나 그대로 내버려둘 수는 없는 일이었다. 내버려두면 불에 타죽을 것이 뻔했기 때문이었다. 누가 그랬는지는 모르겠으나 다행스럽게도 끈에 묶여 있었다. 이제 도망칠 염려는 없었다. 됐어, 저 녀석을 경찰서로 짊어지고 가자.

　소노다는 순간적으로 마음을 정하고 다짜고짜 소진을 안아 일으키더니 옆구리에 끼고 질질 끌 듯이 해서 달리기 시작했다. 소용돌이치는 화염과 연기 속을, 입구라 여겨지는 방향으로 돌진했다.

　입구의 문을 발로 차서 열고 정신없이 차가운 어둠 속으로 뛰쳐나가 잠시 숨을 돌릴 틈도 없이,

　"불이야. 불이야."

라고 동네 사람들에게 외치며 축 늘어져 있는 소진을 끌고 I경찰서로 발걸음을 서둘렀다.

　신참 형사는 그 격정적인 공로에 우쭐해져 있었다. 신문에 실린 자신의 사진이 눈앞에 어른거리는 듯했다. 그러나 만약 노련한 형사라면 당연히 품었을 의문을, 어딘가에서 잃어버리기라도 한 듯 전혀 깨닫지 못하고 있었다.

　대체 그 화염은 어떻게 해서 일어난 것일까? 고주망태가 된 소진 자신이 촛불을 쓰러뜨린 것일까? 아니, 아무래도 그것은 아닌 듯했다. 제삼자가 있는 듯했다. 말로 표현할 수 없을 만큼 이상한 인물이 개재되어 있는 것이다. 그렇지

않다면 소진이 칭칭 감겨 묶여 있을 리 없지 않겠는가.

소노다 형사도 마음 깊은 곳에서는 그것을 알고 있었다. 그러나 뜻밖의 화재에 마음을 빼앗기고, 범인을 체포했다는 기쁨에 흥분해서 미처 거기까지는 생각할 여유가 없었던 것이다.

형사가 그곳을 떠난 뒤, 홀로 서 있는 목조 아틀리에는 한 덩이 새빨간 화염이 되어 있었다. 어두운 밤 속에서 핏덩이 같은 불꽃이 미친 듯이 타오르고 있었다. 몇 천, 몇 만인지도 모를 붉은 뱀이 처마를 타고 지붕으로 기어올라 어두운 하늘로 승천하려는 것처럼 보였다.

아틀리에를 둘러싼 나무는 물감을 칠해놓은 것처럼 새빨갛게 물들어 있었다. 그리고 뭐라 표현할 수 없는 섬뜩한 바람이 그 주변 일대를 미친 듯이 감싸 모락모락 독기를 머금은 채 피어오르는 연기를 좌우로 흩뜨리고 있었다.

그 소용돌이치는 연기 속에 목재가 터져 깨지는 소리가 섞여 있고, 그와 함께 이상한 소리가 들려왔다. 미치광이의 목소리 같은 것이었다. 때 아닌 밤에 솟아오른 화염을 즐기는 괴조(怪鳥)의 울음소리일까? 아니, 아니. 그건 아니었다. 새가 저렇게 웃을 리 없었다. 그것은 틀림없이 웃는 소리였다. 매캐한 연기의 그늘 속에서 누군가가 미친 듯이 웃고 있는 것이었다. 그것은 소용돌이치는 화염 자체가 세상을 저주하는 조소처럼 들리기도 했다. 어딘가 땅 속에서 솟아

오른 저승 귀신의 웃음소리처럼 들리기도 했다.

괴이한 아틀리에의 의문스러운 화염, 어느 틈엔가 묶여 있던 범인, 그 이상한 수수께끼는 과연 무엇을 의미하는 것일까? 만약 이를 제삼자의 소행이라고 한다면, 그 제삼자는 대체 누구란 말인가?

괴이한 인물의 정체

소노다 형사가 축 늘어진 괴이한 조각가를 끌어안고 I경찰서로 뛰어들자 서 안에서는 곧 커다란 소동이 벌어졌다. 서장의 관사로 전화를 걸고, 사법주임의 집으로 심부름꾼을 보내고, 경찰의가 불려오고, 그리고 심야 3시임에도 취조실에는 환하게 전등이 밝혀져 때 아닌 피의자 취조가 시작되었다.

정말로 머리에서부터 물을 끼얹어 간신히 정신을 차리게한 와타누키 소진은, 마치 여우에게라도 홀려 얼이 빠져버린 듯한 얼굴로 취조실의 책상 앞에 비틀거리며 서 있었다.

"정신 차려. 너의 아틀리에는 완전히 불에 타버리고 말았어."

사법주임이 소리치자 괴이한 조각가는 이해할 수 없다는 듯 눈을 깜빡거리며 꺼벙하게 입맛을 다셨다. 머리를 좌우로 흔들며 무엇인가를 부지런히 생각하고 있는 듯했다.

"이봐, 뭘 멍하니 있는 거야? 술이 아직 덜 깼어?"

사법주임이 주먹으로 책상을 쿵 내리친 소리에 소진은 흠칫하고 다시 눈을 깜빡거렸다.

"앗, 맞아. 불이 났었어. ……난 불에 타죽는 줄 알았어. ……그렇다면 경관이 날 살려낸 거로군."

소진은 간신히 기억이 되살아난 듯, 이상할 만큼 천진한 투로 중얼거렸다.

"맞아, 그냥 내버려두었다면 너는 지금쯤 숯검댕이가 되었을 거야."

그 말을 듣더니 어떤 이유에서인지 소진의 얼굴에 공포의 표정이 떠올랐다. 창백했던 얼굴이 완전히 잿빛으로 변했으며, 섬뜩할 정도로 커다란 눈이 튀어나올 듯 동그래졌고 코와 머리에서 식은땀이 흐르기 시작했다.

"안 돼, 큰일 났어. 이봐, 큰일 났어. 내가 까맣게 잊고 있었어. 난 사람을 죽이고 말았어."

영문을 알 수 없는 말로 아우성치기 시작했다. 살인범이 사람을 죽였다고 말하는 것이니 특별히 이상할 것은 없었으나, 어딘가 좀 이상했다. 앞뒤가 맞지 않는 부분이 있었다.

"이봐, 좀 침착해. 무슨 말을 하는 거야? 사람을 죽였다니, 그 여자를 말하는 건가?"

"여자라고? 아니, 여자가 아니야. 남자야. 나는 낯선 남자를 아틀리에의 갑옷궤 속에 가뒀어. 그리고 술을 마시기 시작했어. 거기까지는 기억하고 있어. 그 다음부터는 뭐가 뭔지 알 수 없게 되었어. 하지만 에틀리에가 불에 탔다면 그 남자는……. 이봐, 당신, 화재 현장에서 사람의 시체가 나오지 않았나? 아아, 내가 터무니없는 짓을 해버리고 말았어. 그 남자, 그 튼튼한 갑옷궤를 깨뜨리지는 못했을 거야. 틀림없이 불에 타죽고 말았을 거야. 이봐, 어떻게 됐지? 시체가 나오지 않았어? 아니면 누구 갑옷궤를 꺼내온 사람이라도 있었는가? 응, 이봐, 그 점을 조사해봐. 아아, 큰일을 저지르고 말았어."

아무래도 연기를 하고 있는 것 같지는 않았다. 와타누키 소진은 정말로 반미치광이처럼 소노다 형사의 안전을 걱정하고 있었다. 하지만 당장이라도 죽일 것처럼 살벌한 모습을 보였던 그가, 소노다 형사가 불에 타죽었을지도 모른다며 이제 와서 소란을 피울 이유는 어디에도 없지 않겠는가? 이건 또 대체 어떻게 된 일이란 말인가?

"하하하하하, 걱정 마. 네가 갑옷궤에 가뒀던 사람은 여기에 이렇게 멀쩡히 있으니. 자, 눈을 똑바로 뜨고 봐. 이 사람이야. 네놈에게 그처럼 험한 꼴을 당했으면서도 그 원한을 잊고 네놈을 화재현장에서 구해준 것도 이 사람이야. 공손히 감사의 인사를 해둬."

사법주임이 심드렁한 얼굴로 곁에 앉아 있던 소노다 형사를 가리켰다.

그 말을 듣고 처음으로 소노다 형사의 존재를 깨달은 듯, 소진은 멍한 얼굴로 그쪽을 보았는데,

"잘 봐, 나야."

라며 장난스럽게 들이민 형사의 얼굴을 가만히 바라보는 동안 그의 커다란 눈이 다시 튀어나오기 시작했으며, 뭐라 표현할 수 없는 경악의 표정이 그 얼굴에 나타났다.

"앗, 네놈은, 그 녀석이로군. 제길."

외치자마자 무슨 생각을 한 것인지 무시무시한 기세로 형사에게 달려들어 다짜고짜 그의 멱살을 잡았다.

"이놈, 이번에는 놓치지 않겠어. 꼴좋군. ……이봐, 거기, 뭘 멍하니 있는 거야? 이 녀석은 도둑놈이야. 조금 전에 내 아틀리에로 몰래 들어온 빈집털이라고. 얼른 체포를 해줘."

소노다 형사를 붙들고 늘어진 채 영문을 알 수 없는 소리를 떠들어대는 소진을 자리에서 일어난 사법주임이 떼어놓았다.

"이봐, 무슨 멍청한 소리를 하는 거야. 이 사람은 도둑이 아니라 경찰이야. 소노다라는 솜씨 좋은 형사야."

"엣, 정말이야? 하지만 이 얼굴은 분명히 낯이 익는데……. 갑옷궤에 가둬두었던 놈이 틀림없어."

당황한 듯 서 있는 소진을 소노다 형사가 천천히 일어서며 노려보았다.

"이놈, 같잖은 연기 하지 마. 날 도둑으로 착각해서 갑옷 궤에 가둔 것이라는 말로 빠져나갈 생각인가?"

"엣, 뭐라고? 뭐가 뭔지 하나도 모르겠어. 하지만 네놈은 아무래도 진짜 형사인 모양이군. 그렇지 않다면 경찰서 안에서 그렇게 폼 잡고 있을 리 없으니⋯⋯. 하지만 그렇다면 너는 왜 나의 아틀리에 같은 데 숨어든 거지? 아무리 형사라 해도 무단으로 남의 아틀리에에 들어와서 갑옷궤에 숨어 있어도 된다는 법은 없을 텐데."

그 말을 들은 소노다 형사는 뭔가 이해할 수 없다는 얼굴로 사법주임과 눈을 마주쳤다. 아무래도 이상했다. 소진은 석고상이 전차에 친 사건을 전혀 모르는 듯한 눈치였다. 알고 있으면서 이렇게 시치미를 떼고, 이렇게 뻔뻔스러운 얼굴이 가능할 리 없었다. 정말로 경찰을 도둑이라 착각한 것일지도 몰랐다.

"이봐, 와타누키 군, 자네는 오늘 저녁, 아니, 정확히 말하자면 벌써 어제 저녁이 되었지만, 시바타 자동차회사의 자동차를 빌려 커다란 석고상을 어딘가로 옮기게 했잖아. 그 석고상이 어떻게 됐는지 자네 아직 모르는 모양이군."

사법주임이 조용히 물었다.

"엣, 석고상을? 내가 자동차로 옮기게 했다고? 어제 저녁에? 그건 뭔가 잘못 알고 있는 거야. 난 요즘 주머니사정이 그렇게 좋지 않아. 슬럼프에 빠져서 매일 어묵집을 돌아다니며 술을 마시고 있는 형편이니."

소진은 더욱 뜻밖이라는 듯한 표정이었다.

"하하하하, 그렇게 시치미를 떼봐야 소용없어. 이 부근에 너 외에 다른 조각가는 살고 있지 않으니까. 거기다 확실한 증인이 있어. 시바타 자동차회사의 주인이, 그 석고상은 틀림없이 너의 부탁으로 운반한 것이라고 했으니까."

"오호, 시바타 자동차회사에서. 하지만 난 시바타 자동차회사 같은 거 전혀 모르는데. 요즘에는 자동차 같은 거하고는 영 인연이 없어서 말이지. 그래도 뭔가 좀 이상한데. 경관씩이나 되는 사람들이 설마 거짓말을 할 리도 없고……. 대체 그 석고상이 어떻게 됐는데?"

소진의 능청스러움이 너무나도 그럴 듯해서 아무래도 연기 같지는 않았기에, 사법주임이 어제 저녁 커다란 건널목에서 있었던 보기 드문 사건을 대략적으로 이야기해주었다. 그것을 들은 조각가는 콧등에 다시 식은땀이 송글송글 맺히기 시작했으며, 누렇게 변한 얼굴로 부들부들 떨었다. 너무나도 놀라운 말에 한동안은 입을 열 힘도 없는 듯 보였으나, 마침내 묘하게 울리는 목소리를 내기 시작했다.

"흠……, 그렇다면 형사님께서 제 아틀리에에 숨어 계셨단 말이로군요. 그렇습니까? 그랬단 말이죠? 그런 줄도 모르고 그런 말도 안 되는 짓을 해서 정말로 죄송합니다."

불손하던 말투를 갑자기 바꾼 그가 순순히 머리를 숙여

사과했다.

"게다가 화재현장에서 저를 구해주셨다고요. 정말 뭐라 사과의 말씀을 드려야할지 모르겠습니다. 완전히 도둑놈인 줄로만 알고 있었습니다. 그렇게 갑옷궤에 가두어두었다가 아침이 되면 경찰에 넘겨줄 생각이었습니다. 용서해주십시오. 네, 형사님, 용서해주십시오."

이렇게 말하며 굽신굽신 머리 숙이는 모습을 보니, 아틀리에에서는 빨간 촛불이 비춰 그토록 무시무시한 해골처럼 보였던 얼굴이 묘하게 익살맞고 우스운 느낌으로 바뀌었다.

"하지만 너는 나를 죽이겠다고 했잖아, 그 칼로."

소노다 형사가 반은 농담 같은, 반은 진담 같은 애매한 어조로 캐물었다.

"아니, 그건 농담이었습니다. 정말 농담이었습니다. 형사님을 도둑놈인 줄로만 착각하고 있었기에 저도 모르게 그런 장난을 쳐본 겁니다. 물론 죽일 마음 같은 건 없었습니다. 제가 어떻게 그런 짓을 할 수 있겠습니까? 하하하하하."

울고 있는 듯한 웃음소리였다. 괴이한 조각가도 허풍쟁이에 지나지 않는다는 사실이 점점 밝혀졌다.

"그건 그렇고, 우리도 약간 이해할 수 없는 점이 있어. 너는 아틀리에에 불이 났을 때 술에 취한 채 노끈에 칭칭 감겨 묶여 있었어. 소노다 형사는 갑옷궤 안에 있었기에 누가 묶은 건지 보지 못했어. 설마 네가 스스로의 몸을 묶지는 않았겠지. 거기에 대해서 뭔가 기억나는 것 없나?"

사법주임이 말투를 바꾸어 진지한 표정으로 물었다.

손가락인형

"참으로 어처구니없는 얘기입니다만, 전혀 기억이 없습니다."

소진은 이렇게 말하고 면목이 없다는 듯 고개를 숙이고 있다가, 곧 무엇인가 떠올랐는지 휙 고개를 들어 커다란 눈을 이상하게 반짝이며 말하기 시작했다.

"잠깐만요. 여기에는 뭔가 이유가 있는 듯합니다. 저도 피해자 가운데 한 사람일지도 모르겠습니다. 한번 들어보십시오. 그 석고상을 만든 것은 물론 제가 아닙니다. 범인은 따로 있습니다. 그런데 저를 범인인 것처럼 해서 대신 죽여버리려 했던 겁니다.

녀석은 처음부터 전부 계획을 세워두었던 걸지도 모릅니다. 제 이름으로 자동차를 불러 그 석고상을 어딘가로 옮기게 한 뒤 시치미를 떼고 있을 생각이었을 겁니다. 그런데 석고상의 비밀이 밝혀졌기에 결국은 저를 진범으로 몰아갈 생각이었던 겁니다.

녀석은 제가 마침 술에 곯아떨어졌기에 옳다구나 싶어 움직이지 못하도록 묶어두고 아틀리에에 불을 지른 겁니다. 그럴 겁니다. 틀림없이 그랬을 겁니다. 그렇게 해서 제가 불에 타죽으면, 죽은 자는 말이 없으니까요. 저를 범인이라고 생각하여 사건은 종결될 테고, 녀석은 평생 안전할 겁니다.

어떻습니까? 여러분은 그렇게 생각하지 않으십니까? 그 외에는 달리 생각해볼 여지가 없지 않습니까? 그게 아니라면 저를 묶고 아틀리에에 불을 지른 이유를 알 수 없지 않겠습니까?

그런데 녀석은 설마 형사님께서 갑옷궤 안에 갇혀 있으리라고는 생각지 못했던 겁니다. 제게는 그게 행운이었습니다. 그렇지 않았다면 그대로 불에 타죽었을 뿐만 아니라 범인이라는 오명까지 뒤집어썼을 테니까요."

누명을 쓸까 두려운 조각가는 그야말로 필사적이었다. 그 필사의 노력이 이처럼 앞뒤가 들어맞는 가설을 만들어낸 것이었다.

"그렇다면 자네는 그 진범이라는 놈이 누구인지, 뭔가 짚이는 것이라도 있는가? 평소 자네를 미워하던 동업자라거나 그런."

사법주임이 조용한 말투가 되어 물었다.

"아니, 짚이는 구석은 어디에도 없습니다. 어디에도 없지만 지금처럼 상상하는 것 외에 달리 생각할 길이 없지 않습니까? 저는 틀림없이 그렇게 된 것이라 생각하고 있습니다."

　두 경찰관은 얼굴을 마주보고 고개를 끄덕였다. 아무래도 이 사내에게는 죄가 없는 듯했다. 연기라고 하기에는 너무 그럴 듯했다. 하지만 예의 행방불명이 된 시바타 자동차회사의 운전수를 찾아내 소진과 대면시키기 전까지는 함부로 방면할 수도 없었다. 어쨌든 이튿날 아침에 서장과도 상의한 후 앞으로의 처치를 취할 수밖에 없으리라. 사법주임은 그렇게 생각했기에 조각가는 그대로 유치장에 넣어두기로 했다.

　취조를 마치고 소진을 설득해서 유치장에 눕힌 것은 벌써 새벽 5시에 가까운 시각이었다. 사법주임도 소노다 형사도 집에 가기는 애매한 시간이었기에 그대로 경찰서에 남아 숙직 순사들과 차를 마시며 잡담을 나누고 있었다.

　그런데 그날 아침, 그 경찰서에 뜻밖의 방문자가 있었다. 아직 아침 6시를 막 지났을 무렵, 서장을 비롯해 누구도 출근하지 않은 시각에 딱딱한 경찰서에는 어울리지 않는 아름다운 여성이 당황한 얼굴빛으로 뛰어든 것이었다.

　사법주임이 만나보니 그녀는 스무 살 전후의 아직 젊고 매우 아름다운 아가씨였다. 화려한 서양식 머리가 잘 어울렸으며 화사한 기모노를 아름답게 차려입고 있었다. 그러나 그 매혹적인 얼굴은 백짓장처럼 빛을 잃었으며 보기 좋은 입술이 공포로 부들부들 떨고 있었다.

　용건을 물으니 I서 관내의 K라는 동네에 사는 노가미 아이코라고 이름을 밝히고, 어제 있었던 석고상 사건의 여자 시체를 한번 봤으면 좋겠다고 말했다.

　그 시체는 오늘 해부할 예정으로 아직 서 안의 한 방에 놓여 있었기에 노가미 아이코의 말을 들어주기는 어려운 일이 아니었으나, 아무에게나 이유도 없이 시체를 보여줄 수는 없는 일이었다. 사법주임은 우선 그 이유를 물어보았다.

　"저, 그 시체가 혹시 저희 언니가 아닐까 싶어서……."

　아름다운 아가씨가 뜻밖의 말을 했다. 그 말을 듣고는 사법주임도 깜짝 놀라 앉은 자세를 바로 하지 않을 수 없었다.

　"흠. 그렇다면 그것이 당신의 언니일지도 모르겠다고 생각한 이유는? 그 언니라는 사람의 이름과 나이는 어떻게 됩니까?"

　"네, 언니는 노가미 미야코라고 합니다. 22살입니다. 사흘쯤 전에 좀 이상한 모습으로 집을 나간 채 돌아오지 않아 걱정하고 있었는데, 오늘 아침의 신문을 본 순간 왠지 그 사건의 시체가 언니 아닐까 문득 그런 생각이 들어 더는 가만히 있을 수 없었기에⋯⋯."

"흠, 그렇습니까? 그런데 사흘 전에 집을 나간 사람을 왜 그냥 내버려두었습니까? 그 사건 때문에 가출한 사람 가운데 그에 해당하는 사람은 없을까 살펴보았기에 저도 잘 알고 있습니다만, 노가미라는 사람의 신고서는 접수되지 않았던 듯합니다만."

사법주임이 매우 조심스럽게 물었다.

"네, 그게 집을 나간 것이라고도 단정 지을 수 없었기에⋯⋯."

"흠. 어째서죠?"

"그게, 집을 나간 뒤에 한 번 편지를 보내왔기에⋯⋯. 그런데 그 편지의 내용도 그렇고 필체도 그렇고, 어딘지 언니가 보낸 게 아닌 것 같았어요. 하지만 오늘 아침의 신문을 보기까지는 크게 마음에 두지도 않았었는데, 그 기사를 읽고 나니 아무래도 언니일 것 같다는 생각이 들어서⋯⋯. 게다가 언니가 집을 나서기 전에 여러 가지로 이상한 일들이 있기도 했고⋯⋯."

"이상한 일이라면?"

"그러니까 집을 나가기 전날에 언니 앞으로 이상한 소포가 왔었어요. 보낸 사람의 이름도 아무것도 없는 소포였어요. 언니는 별 생각도 없이 그 소포를 뜯어보았는데, 그러자 안에서 어릿광대 모양의 손가락인형이 나왔어요. 그, 야시

장의 노점에서 팔고 있는, 손가락에 끼워서 머리와 팔을 움직이는 장난감 인형이요.

전 그냥 누군가 친구가 장난을 친 거라고만 생각했는데, 언니는 그 인형을 한번 보더니 이상하게도 창백하게 질려버리고 말았어요. 언니가 그렇게 질려버린 모습은 정말 태어나서 한 번도 본 적이 없었어요."

"흠, 이상하군요. 그 이유를 물어보셨나요?"

사법주임은 아가씨가 하는 말의 기묘함에 이끌려 점점 진지한 자세로 듣게 되었다.

"네, 물어봤어요. 하지만 언니는 아무런 말도 하지 않았어요. 그런데 그날 밤 둘이 잠자리를 나란히 했을 때, 얘 아이코 만약 언니가 죽으면 넌 어떻게 할 거니, 라고 묻기도 하고 또 한밤중에 이불을 뒤집어쓰고 훌쩍훌쩍 울기도 했어요.

그리고 그 이튿날, 언니는 어디로 간다는 말도 없이 집을 나간 채 오늘까지 돌아오지 않았어요."

"그렇다면 집을 나간 뒤 보냈다는 그 편지에는 주소가 적혀 있지 않았나요?"

"네, 주소는 없었어요. 그런데 그 편지에는 지금 친구 집에 있으니 걱정할 것 없다, 곧 돌아갈 테니, 라는 내용이 언니의 것 같지 않은 글씨로 적혀 있었어요."

"친구들 집에 연락은 해보았습니까?"

"네, 친구라고 해봐야 제가 알고 있는 사람은 두어 명밖에 없지만, 그분들께 물어보았으나 모두 모른다고 했어요. 하지만 언니에게는 제가 모르는 친구도 있기에…….

　그리고 어제 아침에도 또 기분 나쁜 일이 있었어요. 전 어떻게 해야 좋을지 몰라서……. 정말 섬뜩해서 어제의 사건이 아니었어도 전 경찰에 한번 상의를 해봐야겠다고 생각하고 있었어요."

　"기분 나쁜 일이라니, 어떤 일입니까?"

　"그러니까, 이게 또 소포로 보내져왔어요. 그런데 이번에는 제 앞으로 보내져왔어요."

　노가미 아이코는 이렇게 말하며 가지고 있던 보따리를 풀어 안에서 빨간 물방울모양의 옷을 입은 토기 손가락인형을 꺼내 보였다.

　사법주임이 그것을 받아들고 살펴보았으나 특별히 이상한 점은 없었다. 노점에서 흔히 볼 수 있는 어릿광대 모양의 손가락인형이었다. 빨강과 하양의 얼룩한 가로무늬가 새겨진 고깔모자를 쓰고, 새하얗게 분을 바른 얼굴의 양쪽 뺨과 턱을 빨간 물감으로 둥글고 커다랗게 물들였으며, 커다란 코가 오뚝하게 하늘을 향해 있고, 실처럼 가느다랗게 뜬 눈으로 새빨간 입을 한껏 벌려 히죽히죽 웃고 있었다.

　사법주임은 그것을 손에 들고 가만히 바라보았는데, 보고 있자니 어딘가 오싹하고 섬뜩한 느낌이 들기 시작했다. 끔찍한 살인사건과 천진한 손가락인형의 조합, 그 어릿광대 인형이 무슨 의미라도 있는 듯 히죽히죽 웃고 있는 모습이, 사건에 익숙한 경찰관으로 하여금 문득 이상한 느낌을 받게 한 것이었다.

"그럼, 일단 시체를 한번 보시기 바랍니다. 설마 당신께서 걱정하시는 것과 같은 일은 없을 거라 생각합니다만."

어떤 이유에서인지 사법주임이 훅 한숨을 내쉬며 자리에서 일어나 아름다운 아가씨를 시체가 있는 방으로 데려갔다.

그곳은 아무런 장식도 없이 판자가 깔려 있는 살풍경한 방이었다. 그 한쪽 구석에 멍석이 깔려 있고, 거기에 섬뜩한 것이 누워 있었다. 전신에 하얀 천이 덮여 있었으나 그 하얀 천이 그대로 여자의 알몸을 생생하게 드러내고 있었다.

노가미 아이코는 그것을 보자마자 방 입구에 멈춰 서서 갑자기는 시체로 다가갈 용기도 없는 듯 보였으나, 긴 망설임 끝에 간신히 머뭇머뭇 그 옆으로 걸어가서 무릎을 꿇고 하얀 천에 떨리는 손을 댔다. 그리고 시체의 머리카락을 얼핏 보더니 깜짝 놀란 듯 몸을 움직여 그때부터는 무엇도 개의치 않는다는 듯 오른팔을 살펴보았고, 마침내 무엇인가를 확인한 것인지 갑자기 바닥에 엎드려 절망적으로 울기 시작했다.

"역시 아는 사람입니까?"

사법주임이 울고 있는 아이코를 가엾다는 듯 내려다보며

다정하게 물었다.

"네. 이, 이 오른팔의 상처……. 이 상처는 언니가 16살 때 잘못해서 과도에 베인 상처예요. ……위치도, 상처의 모양도 언니의 것과 똑같아요. 이렇게 똑같은 상처가 이 세상에 둘이나 있을 리 없어요."

더듬더듬 훌쩍이며 대답하더니 다시 거기에 엎어져 울기 시작했다.

환영의 불길한 웃음

그로부터 30분쯤 뒤, 노가미 아이코는 울어서 부은 눈을 부시다는 듯 뜬 채 한 한적한 주택가를 타박타박 걷고 있었다. 경찰서에서 집으로 돌아가는 길이었다.

언니의 시체를 확인하고 그 자리에서 울고 있었는데 잠시 후 서장이 만나고 싶다고 해서 서장실로 불려갔고, 거기서 여러 가지 질문을 받았다. 아이코는 묻는 대로 언니는 엿새 전에 집을 나갔다는 사실, 그날 집을 나가기 전에 누구에게서인지는 모르겠지만 토기로 만든 어릿광대 인형을 받았다는 사실, 언니의 가출과 그 조그만 장난감 어릿광대 인형과는 어떤 관계가 있는 것 같다는 사실, 집을 나설 때 언니는 자신의 저금 15만 엔 정도를 전부 가지고 갔다는 사실, 범인은 어쩌면 그 돈을 빼앗기 위해 언니를 죽인 것일지도 모르겠다는 사실 등을 가능한 한 자세하게 대답했다.

범인으로 누군가 짚이는 사람이 없느냐고 몇 번이고 질문을 받았으나 아이코는 마음에 짚이는 사람이 아무도 없었다. 언니에게 그런 짓을 할 만큼의 원한을 품은 사람이 있으리라고는 여겨지지 않았으며, 그렇다고 해서 지금에 눈이 어두워져 언니를 불러낼 만한 사람도 떠오르지 않았다.

그 정도의 얘기만으로는 아무런 단서도 잡을 수 없지만 경찰에서도 전력을 다해 범인을 수색하겠다, 조만간 서의 형사 등이 당신 댁을 찾아갈 테고 경찰서에 다시 출두해야 할지도 모르겠지만 앞으로도 뭔가 떠오르는 일이 있으면 한시도 지체하지 말고 우리에게 알려주기 바란다, 언니의 시체는 해부를 해야 할지도 모르기에 지금 당장은 넘겨줄 수 없지만 결코 소홀히 대하지는 않을 테니 안심하기 바란다는 서장의 말을 듣고 풀이 죽어서 경찰서를 나온 참이었다.

아이코는 물론 그 사실도 서장에게 털어놓았다. 어릿광대 인형은 언니에게만 보내진 게 아니다, 그것과 똑같은 인형이 오늘 아침에 내게도 소포로 보내졌다, 혹시 나도 언니처럼 끔찍한 일을 당하는 것 아닐까 생각하면 어찌해야 좋을지 모르겠다고 부끄럽게도 우는소리로 보호를 요청했으나, 현실을 중히 여기는 서장은 그런 괴담 같은 이야기는 받아들이지 않았다. 당신에 대해서도 충분히 신경을 쓸 테니 그런 인형 같은 건 과장해서 생각하지 않아도 된다며 진지하게 받아들이지 않았다.

발끝을 바라본 채 이런저런 복잡한 생각을 하며 걷는 동안 벌써 집 근처까지 와 있었다. 큰길에서 벗어난 한적한 주택가, 양 옆으로 산울타리와 판자벽만 이어질 뿐, 지나는 사람도 없이 고요함에 잠겨 있었다.

아침에 일어나자마자 정신없이 뛰쳐나갔기에 경찰서에서 3시간 넘게 있었지만 아직 10시도 되지 않았다. 아주 맑고 바람도 없이 화창해서 따뜻한 봄날이었다. 태양은 벌써 높이 떠올라 정면에서 눈부신 햇살을 쏟아내고 있었으며, 쥐죽은 듯 고요한 길에는 현기증이 날 정도로 아지랑이가 피어오르고 있었다.

아이코는 서장실 책상 위에 두고 온 어릿광대 인형이 문득 떠올랐다. 참고품으로 맡아두겠다고 하기에 마침 잘됐다 싶어 악마라도 떨쳐내듯 경찰서에 맡겨두고 돌아 왔으나, 아무리 물건을 두고 왔다 할지라도 마음속에 새겨진 기억은 어떻게 해볼 도리가 없었다.

옷 속으로 손을 넣어 토기로 만든 목과 양쪽 팔에 손가락을 끼우고 까딱까딱 움직이면 마치 살아 있는 것처럼 보이는 손가락인형이었다. 빨간 바탕에 하얀 물방울무늬의 의상이 이상할 정도로 인상적이었으며, 그 위로 선명한 흰색 토기의 얼굴이 빨강과 하양의 가로줄무늬로 물들인 고깔모자를 쓴 채 웃고 있었다.

새하얀 얼굴의 이마와 두 뺨을 둥근 원으로 빨갛게 물들이고 눈썹이 없는 눈을 실처럼 가늘게 뜨고 새빨갛게 칠한 커다란 입을 초승달 모양으로 벌려 히죽히죽 섬뜩하게 웃고 있는 그 얼굴이, 지금의 아이코에게는 그 어떤 귀신보다도, 유령보다도 무서웠다.

걷고 있자니 눈앞의 하얗게 마른 흙이 어른어른 움직이는 것처럼 보이는 아지랑이 속으로 얼핏얼핏 그 어릿광대 인형의 섬뜩하게 웃는 얼굴이 백배, 천배로 확대되어 희미하게 떠오르곤 했다.

안 돼, 안 돼, 라며 눈을 돌리면, 그 돌린 쪽으로 따라와서 시야 가득 인형의 얼굴이 씩 입술을 올린 채 홀로 걷고 있는 아이코에게 미소 짓는 것이었다.

아이코는 눈을 감듯이 해서 발걸음을 재촉했다. 그러나 감은 눈 속에서도 역시 녀석이 웃고 있었다. 하얀 얼굴로 생생하게 웃고 있었다.

문득 깨닫고 보니 맞은편에서 사람이 다가오는 발소리가 들렸다. 아아, 다행이다. 드디어 사람이 지나가는구나. 이제 마음이 놓인다며 눈을 떠보니 불쑥 모퉁이를 돌아 다가오고 있는 사람의 모습, 무슨 꽃이라도 핀 것처럼 화려한 색채가 눈에 들어왔다. 그것은 가슴에 큰북을 늘어뜨리고 등에 깃발을 매단 샌드위치맨이었다.

"어머, 이런 한적한 동네에 샌드위치맨이 돌아다니다니."

어딘가 좀 이상하다고 생각했으나 샌드위치맨이 됐든 뭐

가 됐든 상관없었다. 어쨌든 사람의 얼굴을 보면 마음이 놓이리라. 환상 속의 공포에서 벗어날 수 있으리라.

샌드위치맨은 묘하게 조용한 발걸음으로 점점 다가왔다. 아이코는 눈을 들어 정면에서 그 얼굴을 보았는데, 그 얼굴을 처음 보았다 싶은 순간 어질어질 현기증이 났다. 거기서 환영이 돌이다니고 있었던 것이다. 사람 크기로 자란 손가락인형에 다리가 돋아, 그 인형이 이쪽으로 걸어오고 있는 것이었다.

아이코는 마음을 가라앉히기 위해서 발걸음을 멈췄다.

'왜 이렇게 바보처럼 구는 거야. 우연의 일치야. 샌드위치맨이 어릿광대 복장을 하는 건 조금도 드문 일이 아니잖아.'

마음속으로 이렇게 말했으나 우연치고는 너무나도 닮았다는 점이 두려웠다.

샌드위치맨은 역시 빨간 천에 물방울무늬 의상을 입고 있었다. 하양과 빨강의 가로줄무늬 고깔모자를 쓰고 있었다. 얼굴에는 벽처럼 분을 바르고 이마와 뺨에는 빨갛고 둥근 동그라미가 그려져 있었다. 눈썹은 없었으며 눈이 실처럼 가느다랬다. 빨간 입술의 양쪽 끝이 초승달처럼 휙 치켜져 올라가 섬뜩하게 웃고 있었다.

아이코는 쓸데없는 생각이다, 쓸데없는 생각이다, 스스로의 마음을 격려해가며, 그래도 상대방을 피하듯 길 한편으로 몸을 비키며 스쳐 지났는데, 그때 어릿광대는 무슨 이유에서인지 그녀의 얼굴을 뚫어져라 바라보며 하얀 이를 드러내고 히죽히죽 웃었다.

아이코는 소름이 돋았기에 더는 뒤도 돌아보지 않고 자신의 집을 향해서 당장 달리기라도 시작할 듯 발걸음을 서둘렀다.

그러자 일단 스쳐 지나갔던 샌드위치맨이 휙 방향을 바꾸더니 승냥이처럼 발소리를 죽여 아이코를 미행하기 시작했다. 아이코는 그것을 조금도 눈치 채지 못했으나 어릿광대의 하얀 얼굴은 그녀의 등 바로 뒤에서 쉬지 않고 히죽히죽 웃고 있었다.

100m쯤 가다 문득 깨닫고 보니 귓가 부근에서 뜨뜻미지근한 사람의 숨결이 느껴졌다. 아이코는 깜짝 놀라 그 자리에 멈춰 섰다.

'돌아봐서는 안 돼. 틀림없이 그 녀석이 있을 거야. 그 녀석이 뒤에서부터 덮친 거야.'

마음속에서 이런 속삭임이 들려왔다. 돌아보려 했으나 목의 근육을 무엇인가가 힘껏 붙들고 있었다.

멈춰 서 있자니 귓가 부근의 숨결이 한층 더 뜨겁게 다가왔으며, 불쾌한 숨소리까지 들려왔다. 그리고 갑자기 끈적끈적하고 낮게 갈라지는 목소리가 고막을 간질였다.

"이봐, 넌 이 세상에 절망한 사람의 마음이 어떤 건지 알고 있어? 우후후후후, 그게 어떤 기분인지 알기나 해?"

그 목소리를 듣는 순간 아이코는 머릿속이 쭈뼛하고 마비가 되어버린 듯해서 당장에라도 쓰러질 것 같았으나, 그것을 간신히 참고 무섭기는 하지만 뒤를 돌아보지 않을 수 없었다.

고개를 돌려 슥 바라보니 어깨 위에 어릿광대의 턱이 올려져 있있다. 눈앞이 새하얀 얼굴로 가득했고, 금이 간 벽처럼 분이 갈라진 그 거대한 얼굴 속에서 가느다란 눈이 이상한 빛을 띠며 웃고 있었다. 새빨갛고 두툼한 입술이 축축하게 침에 젖어 초승달 모양으로 웃고 있었다.

아이코는 더 이상 참을 수 없었다. 뭐라 의미를 알 수 없는 비명을 지르며 갑자기 미치광이처럼 달리기 시작했다. 숨이 끊어질 듯 달리고 또 달려서 간신히 자신의 집에 도착했다.

현관을 달려 올라가자 기다리고 있던 어머니가 눈물 머금은 창백한 얼굴로 머뭇머뭇,

"어떻게 됐니? 그 사람 역시 미야코였니?"

라고 속삭이는 듯한 목소리로 물었으나 대답할 기운조차 없었다. 아이코는 뭔가 의미를 알 수 없는 말을 내뱉고는 느닷없이 2층에 있는 자신의 방으로 달려 올라가 책상 위에 엎드려버리고 말았다.

"얘, 왜 그러는 거니? 어디 몸이라도 안 좋은 거니? 어머, 그 얼굴은, 핏기가 하나도 없잖아. 자, 어머니께 말해보렴.

경찰서에서 무슨 일이라도 있었던 거니?"

어머니가 들어와서 등에 손을 얹고 다정하게 물었으나 아이코는 아무런 대답도 하지 않았다. 대답 대신 섬뜩한 혼잣말을 시작했다.

"분명해. 그 놈이 언니를 죽인 거야. 그리고 이번에는 내 차례라고 말하고 있는 거야. 그 놈이야. 분명히 그 끔찍한 샌드위치맨이야."

헛소리 같은 말을 계속하며 그 방에 무시무시한 사람이 숨어들기라도 했다는 듯 두리번두리번 주위를 둘러보았다.

"어머니, 현관문은 꼭 닫았나요? 제 뒤를 따라서 누군가가 들어오지는 않았나요?"

시선은 여전히 허공을 맴돌았으며 자꾸만 아래층의 기척에 신경을 썼다.

"얘가 무슨 소리를 하는 건지? 누군가에게 쫓기기라도 한 거니?"

"네, 그 놈이 제 뒤를 따라왔어요. 아직 이 부근에서 돌아다니고 있을지도 몰라요."

이렇게 말하는가 싶더니 아이코는 가만히 있을 수 없다는 듯 슬금슬금 일어나 바깥에 면한 창문으로 달려가서는 그 창호지문을 살짝 열어 눈 아래의 길을 내려다보았다.

그러나 하얗게 메마른 길에 시선이 닿는 한 사람의 그림자 같은 것은 없었으며, 단지 봄의 아지랑이가 모락모락 피어오르고 있을 뿐이었다.

아무리 내다보아도 건너편 모퉁이에서 나타나는 사람은 없었으며, 동네 전체가 환상의 나라처럼 이상할 정도로 정적에 감싸여 있었다.

문득 깨닫고 보니, 아래만 보고 있던 눈 끝 쪽에서 얼핏 움직이는 것이 있었다. 시야 바깥에서 뭔가 심상치 않은 일이 벌어지고 있는 것 같다는 느낌이 들었다.

그것은 위쪽의 어딘가였다. 서둘러 눈을 들어보니 맞은편 2층집의 창이 시야에 들어왔다. 길을 가운데 끼고 20m쯤 떨어진 바로 정면으로 그 창의 하얀 창호지문이 뚜렷하게 보였다.

그 창호지문 가운데 하나가 마치 기계장치라도 달려 있는 것처럼 스르륵 열리고 있었다. 조금씩 조금씩, 마치 연극의 막이라도 열리듯, 무슨 암시라도 되는 것처럼 열리고 있었다.

지켜보고 있자니 창호지문 한 장 만큼이 완전히 열렸다. 이건 어린아이의 장난일까? 창문을 열어놓고 얼굴을 내밀며 까르르 웃을 생각인 걸까?

창호지문 안은 묘하게 어두컴컴한 듯 보였다. 이가 하나 빠져버린 것처럼 그 부분만이 검은 구멍으로 보였다. 그 희미한 어둠 속에서 무엇인가가 움직이는 것처럼 느껴지더니, 그것이 곧 열린 창문 쪽으로 천천히 다가왔다.

아이코는 깜짝 놀라 얼굴을 돌리려 했으나 이미 늦었다. 그녀의 망막에 낙인이라도 찍힌 것처럼 그 모습이 선명하게 새겨졌다.

그것은 빨간 옷을 입은 새하얀 얼굴의 인물이었다. 그 얼굴이 불쑥 창문 밖을 내다보자 하얀 햇빛이 반쪽 면만을 비춰 번쩍번쩍 빛났다.

녀석은 고깔모자를 쓰고 있었다. 실과 같은 눈을 하고 있었다. 빨간 입술이 초승달 모양으로 웃고 있었다. 하나에 서부터 열까지 그 손가락인형을 쏙 빼닮았다. 다시 말해서 조금 전에 그녀에게 섬뜩한 말을 속삭였던 그 어릿광대가 거기에 서 있는 것이었다.

아이코는 "아."하고 조그맣게 외친 뒤, 창호지문을 탁 닫고는 그 자리에 엎드려버리고 말았다.

맞은편 창의 어릿광대는 아이코가 겁을 먹고 창호지문을 닫은 것을 보더니 가느다란 눈을 한층 더 가느다랗게 떠서 히죽히죽 웃었다. 빨간 입술의 양 끝을 묘하게 추켜올리고 한낮의 유령 같은 새하얀 얼굴을 밝은 빛 속에 드러낸 채, 언제까지고 언제까지고 웃고 있었다.

태엽 달린 작은 악마

아이코는 이 한낮의 악마 같은 것을 보고 그대로 정신을 잃은 것처럼 책상 위에 엎드려 있었는데, 바로 그때 아래층 현관의 격자문 열리는 소리가 들리더니 누군가가 찾아왔다.

"얘, 시라이 씨가 오셨다. 시라이 씨가 와주셨어."

어머니가 계단으로 내려서는 곳까지 가서 아래층을 내려다보아 그가 왔음을 확인하고, 목숨이라도 건진 듯 아이코에게 말했다.

아이코도 시라이라는 이름을 듣자, 혼자 유령에 겁을 먹었던 아이가 갑자기 의지할 사람을 만난 것처럼 안도감에서 오는 기쁨이 느껴졌다.

"너도 얼른 내려오렴. 시라이 씨도 틀림없이 신문을 보신 거야. 우리가 소식을 전하려 했는데."

어머니는 서둘러 말하고 벌써 계단을 내려가고 있었다. 아이코도 책상 곁을 떠나 경대 앞에서 잠깐 얼굴을 고친 뒤 서둘러 아래층의 객실로 내려갔다.

시라이는 스스럼없이 지내는 사이였기에 벌써 성큼성큼 안쪽의 8첩짜리 객실로 들어가 있었다.

"역시 그랬군요. 저도 신문을 보고 왠지 느낌이 좋지 않아서⋯⋯."

아이코가 객실로 들어서자 긴장한 표정으로 속삭이듯 말했다.

아이코는 이 반가운 사람의 얼굴을 보자 더 이상 아무런 말도 할 수 없었다. 참으려 해도 눈물이 치밀어 올랐다. 설마 무릎에 매달릴 수는 없었으나, 시라이 앞에 몸을 내던지듯 해서 엎드려 울 수밖에 없었다.

시라이 세이이치는 젊은 피아니스트였다. 노가미 집안과는 먼 친척 관계에 있었으며, 죽은 미야코와는 어렸을 때부터 허혼한 사이였다. 그러나 미야코는 그렇지만도 않은 듯했으나, 시라이는 그 결혼이 썩 내키지 않는 듯 보였다. 이런저런 구실을 만들어 반년, 1년, 그 실행을 미루고 있었다.

시라이는 언니 미야코보다 동생 아이코에게 더 마음을 빼앗긴 것처럼 보였다. 언니에게 미안한 줄은 알면서도 아이코 역시 이 믿음직한 청년 예술가에 대한 애정을 억누를 길이 없었다. 언니의 눈을 의식하면서도 둘의 친밀감은 점점 더 깊어져, 지금은 연인이라고 해도 될 정도의 사이가 되어버렸다. 따라서 어머니의 눈만 없었다면 다짜고짜 시라이의 가슴에 매달렸다 해도, 두 사람의 기분만 놓고 보자면 조금도 이상할 것이 없었다.

아이코는 눈물 사이사이로 아침 일찍 경찰서에 달려갔던 일의 전말과 조금 전 무시무시한 어릿광대에게 쫓겼던 일까지를 자세하게 들려주었다.

"조금 이상한데. 아무리 그래도 미야코를 살해한 놈이 샌드위치맨으로 꾸미고 맞은편 집에 숨어 있다니, 네가 뭔가를 잘못 본 거 아닐까? 헛것 아닐까?"

시라이는 너무나도 이상한 이야기였기에 갑자기는 믿을 수가 없었다.

"아니요, 그렇지 않아요. 분명히 있었어요. 아마 지금도 아직 있을 거예요. 2층의 이쪽 방이에요."

"흠. 네가 그렇게까지 말하니, 알았어, 내가 지금 당장 그 집에 가서 확인하고 올게. 틀림없이 그런 사람은 없을 거야. 넌 언니가 그런 일을 당했기에 머리가 조금 혼란스러운 거야."

시라이는 이렇게 말하는가 싶더니, 말릴 사이도 없이 벌써 현관문을 기세 좋게 달려나가고 있었다.

"너 조금 전 2층에서 그런 것을 본 거니?"

시라이가 나서는 격자문 소리를 들으며 어머니가 조심조심 아이코 곁으로 와서 목소리를 낮추어 물었다.

"네, 분명히 봤어요. 지금도 아직 눈가에 어른거릴 정도예요."

"그럼, 왜 그때 내게 말하지 않았니?"

"말할 수가 없었어요. 무서워서……, 그런 사람 어머니께 보이고 싶지 않았어요."

"네 눈이 어떻게 된 거 아니니? 그런 괴담 같은 일이 있을 수 있는 걸까……. 난 미야코가 죽었다는 얘기조차 아직 사실이라고는 여겨지지 않을 정도인데, 그런 놈이 또 너를 노리고 있다니 이젠 어떻게 해야 좋을지 모르겠구나."

어머니는 이렇게 중얼거리고 훅 깊은 한숨을 내쉬었다. 슬픔도 이처럼 뜻밖의 형태로 덮쳐오면 그 슬픔 그대로 슬퍼할 수도 없는 것이리라. 그녀의 뺨에 눈물 자국이 나 있기는 했으나 아직은 진심으로 자기 딸의 죽음을 슬퍼할 여유조차 없었다.

잠시 후, 시라이가 이상하다는 듯한 얼굴로 돌아왔다.

"역시, 이이코가 본 건 헛것이 아니었어."

객실로 들어선 그가 툇마루 부근에 책상다리를 하고 앉아 고개를 갸웃거리며 보고했다.

"그 집은 2층 방에 세를 들이고 있대. 전에 있던 사람이 나갔기에 방을 빌릴 적당한 사람이 없을까 해서 곳곳에 부탁을 해두었다고 하더군.

그 부탁해두었던 뭐라고 하는 사람의 이름을 대고 조금 전에 샌드위치맨이 찾아왔었대. 방을 빌리고 싶으니 보여달라며. 아줌마가 샌드위치맨은 조금 곤란하다고 생각하여 점잖은 말로 거절했지만, 그놈 꽤나 뻔뻔스러운 녀석이어서, 어쨌든 방을 보여달라며 말리는 것도 듣지 않고 성큼성큼 2층으로 올라가버렸대.

그리고 벽장을 열어보기도 하고 창을 열어보기도 하는 등 방을 보았다고 하니 너는 그것을 본 모양이야."

"어머……, 그럼 그 녀석은 벌써 그 집에 없는 건가요?"

"응, 이름도 밝히지 않은 채 그대로 돌아갔다고 하는데, 그런 방법이 있을 줄이야. 정말 대담하기 짝이 없는 놈이야.

방을 빌리겠다는 건 물론 거짓말일 거야. 너에게 얼굴을 보여 겁을 주기 위해서였을 거야."

"그럼 역시 길에서 봤던 샌드위치맨하고 같은 사람인가요?"

"그런 거 같아. 하지만 별 이상한 짓도 다 하는 녀석이로군. 아마도 너를 겁주기 위해서였던 것 같은데, 참으로 복잡한 방법을 쓰는 녀석이야. 어릿광대 인형을 보내기도 하고, 스스로 어릿광대가 되기도 하고, 어딘가 편집광 같다는 느낌이 들어. 평범한 사람은 아니야."

"맞아요. 전 그게 무서워서 견딜 수가 없어요. 정체도 알수 없고, 앞으로 무슨 짓을 할지 짐작도 할 수 없으니까요."

"미치광이야. 석고상을 떠올렸다는 것도 상식으로는 생각해낼 수 없는 끔찍한 착상이니까.

하지만 실행력이 있는 미치광이야. 방심할 수 없어. 이 사실을 당장 경찰에 알려야 해."

"네. 그리고 세이이치 씨, 여기서 주무실 수 없으신가요? 저희들 어머니하고 둘만 있으면 마음이 놓이지 않아서 견딜 수가 없어요."

"응, 나도 그러는 게 좋겠다고 생각했어. 언니의 일도 있었으니. 조금도 방심할 수 없어."

이런 이야기를 나누고 있을 때 바깥의 격자문 열리는 소리가 들렸기에 두 사람은 놀라 서로의 눈을 바라보았으나, 그것은 방문자가 아니라 소포가 배달되어 온 것이었다.

"어디서 온 걸까? 이런 게 왔구나."

어머니가 들고 온 것을 받아 살펴보니, 그 소포에는 보낸 사람의 이름이 없었다. 우표의 소인은 시내인 아자부 구였다.

"노가미 아이코 귀하, 라고 되어 있는데 이 글씨, 본 적 있어?"

"아니요, 글씨를 이렇게 쓰는 친구는 없어요."

말을 하다 아이코의 얼굴빛이 휙 변했다.

"저 무서워요……. 이 글씨, 본 적이 있어요. 어제 온 소포하고 같은 글씨예요."

그녀가 높은 목소리로 말하고 소포 곁에서 몸을 피하려 했다.

"그럼 녀석이 보낸 걸지도 모르겠군. 내가 열어보지."

시라이가 긴장된 얼굴로 숨을 죽이며 그 소포를 풀어나갔다.

"어라, 장난감 같은데."

종이상자의 뚜껑을 열어보니 귀여운 샌드위치맨이 들어 있었다. 이번에도 어릿광대였다. 그러나 그것은 손가락인형보다도 훨씬 작은 진짜 장난감이었다.

"그런 거 버려버리세요. 이젠 지긋지긋해요. 역시 빨간 바탕에 물방울무늬가 있는 거죠?"

아이코가 멀리서 그것을 들여다보며 겁먹은 목소리로 말했다.

"응, 맞아. 큰북을 안고 등에 깃발이 세워져 있어."

시라이가 그것을 상자에서 꺼내 다다미 위에 세워보았다.

그러자 태엽이 감겨 있었던 듯, 다리가 바닥에 닿자마자 그 20㎝쯤 되는 샌드위치맨은 어색한 손짓으로 앞의 큰북을 두드리며 갑자기 아장아장 다다미 위를 걷기 시작했다.

다다미 위를 걷는 꼬맹이 샌드위치맨은 매우 귀여웠다. 어린아이에게 주면 얼마나 기뻐할지 짐작이 갔다. 그러나 그것이 귀여우면 귀여울수록 아이코는 한층 더 섬뜩하게 느껴졌다. 2㎝도 되지 않는 장난감의 얼굴이 새하얀 물감으로 칠해져 있었으며, 녀석과 같은 가느다란 눈을 하고, 녀석과 같은 빨간 입술을 한 채 히죽히죽 웃고 있었다. 웃으며 마치 살아 있는 사람처럼 다다미 위를 걷고 있었다.

"이렇게 귀여운 장난감을 보내놓고 대체 어쩌겠다는 거지? 예고할 의미라면 손가락인형으로도 충분하잖아…….응? 이걸 좀 봐. 이 녀석 등의 깃발에 무엇인가가 자잘하게 적혀 있어."

그는 그것을 깨닫자 인형을 쥐어 그 깃발을 뽑았다. 길이 3cm쯤 되는 하얀 비단의 작은 깃발이었다. 그 하얀 비단 위에 벌레라도 기어다니고 있는 것 같은 글씨가 적혀 있었다.

그는 그 글을 얼른 읽는가 싶더니 그대로 구깃구깃 구겨 하얀 천을 바지주머니에 쑤셔넣었다.

"어머, 왜 그러시는 거예요?"

아이코가 잔뜩 겁을 먹은 채 묻자, 그가 애써 웃음 지으며,

"아니, 아무것도 아니야. 너는 이런 거 읽지 않아도 돼. 하찮은 낙서야."

라고 대답했으나 그 작은 깃발에는 도저히 아이코에게는 보일 수 없을 정도로 끔찍한 선고문이 적혀 있었다. 태엽 달린 작은 악마는 그 깃발을 등에 달고 큰북을 두드리며 불길한 '죽음'의 샌드위치맨 역할을 수행하고 있었던 것이다.

절 벽

　시라이와 아이코와 아이코의 어머니는 그 뒤로 한동안 얼굴을 마주하고 이 기분 나쁜 협박자의 정체에 대해서 이야기를 나누어보았으나, 아무리 생각해봐도 본인인 아이코는 물론 누구에게도 어렴풋이나마 짚이는 것은 없었다.

　"언니 역시 그렇게 잔혹한 일을 당할 만큼 누군가에게 원한을 샀으리라고는 여겨지지 않아."

　"맞아요. 경찰에서도 그렇게 물어봤지만, 그런 일은 결코 없었을 거라 생각해요."

　"그럼 이건 대체 어떤 종류의 범죄일까? 전혀 짐작이 가지 않아. 설령 미치광이가 한 짓이라 해도, 그 미치광이가 왜 이 집 사람들만 노리는 건지, 그 이유를 알 수가 없잖아.

　하지만 아무런 이유도 없이 이렇게 공을 들여 범죄를 저지를까? 이 사건의 이면에는 뭔가 상상할 수도 없는 중대한 의미가 숨겨져 있는 것 아닐까 여겨져."

"어머, 그게 무슨 말이에요? 무슨 생각을 하고 계신 거죠?"

아이코가 불안을 감출 수 없다는 듯 마른 입술로 물었다.

"아니, 물론 확실한 생각이 있는 건 아냐. 그냥 그 석고상의 경우 같은 치밀한 범죄수단을 생각해보면, 범인이 설령 편집광이라 할지라도 얼마나 머리가 좋은 녀석인지를 알 수 있어.

그렇게 머리 좋은 녀석이 아무런 이익도 없는 무의미한 죄를 저지를 리 없다는 생각이 든 것뿐이야. 그런 어리석은 짓을 할 리 없다는 느낌이 들었어.

그래서 아까부터 생각하고 있었는데, 아이코도 아케치 고고로(明智小五郞)라는 사립탐정의 이름은 들어본 적이 있지? 굉장한 명탐정이야. 내 친구가 그 사람을 알고 있어. 물론 말할 필요도 없이 경찰에 보호를 요청해야겠지만, 나는 그 외에 아케치 탐정과도 상의를 해보는 게 어떨까 싶어.

이런 광기어린 이상한 사건은 아케치 탐정이 가장 자신 있어 하는 분야야. 지금까지 선생이 해결한 유명한 사건은 대부분 편집광의 범죄였으니까."

"네, 저도 아케치 탐정을 생각하지 않은 건 아니에요. 그런 연줄이 있다면 꼭 좀 부탁을 해주세요."

아이코도 명탐정의 이름을 알고 있어서 흔쾌히 동의했다.

"응. 그럼 난 지금부터 너의 대리인으로 경찰서에 가서 샌드위치맨과 이 태엽 달린 인형에 관한 일을 이야기하고 경계를 엄중히 해달라고 부탁한 다음, 그 걸음으로 친구를 찾아가서 아케치 탐정을 함께 만나도록 할게."

벌써 정오를 지난 시각이었기에 시라이는 점심을 먹은 뒤, 큰길에서 택시를 잡을 생각이라며 서둘러 밖으로 나갔다.

그로부터 몇 시간 동안은 특별한 일 없이 지나갔다. 아이코의 친구 둘이 아무것도 모른 채 놀러 왔는데, 그들을 굳이 붙들어 카드놀이 등을 하며 마음을 돌리고 있는 동안 마침내 저물녘이 되었으나 어떻게 된 일인지 시라이는 여전히 돌아오지 않았다.

6시 무렵, 길가에서 자동차가 멈추고 격자문 열리는 소리가 들리기에 그 사람이 드디어 돌아온 건가 싶어 현관으로 나가보았더니 거기에 자동차 운전수인 듯한 청년이 서서 시라이 씨가 보낸 사람이라며 명함 한 장을 내밀었다.

그것은 세이이치의 명함으로 뒷면에 다음과 같은 뜻밖의 전달문이 연필로 적혀 있었다. 매우 급하게 썼는지 글씨가 아주 어지러웠다.

〈네게 위험이 닥쳤다. 바로 이 차에 올라 아케치 탐정의 집으로 달아나도록. 탐정은 모든 사정을 알고 있다. 나는 지금 악인의 감시를 받고 있어서 갈 수가 없다. 한시도 지체하지 말 것.〉

글이 간단해서 시라이가 어디서 어떤 일을 당하고 있는지 조금도 알 수 없었지만, 글의 내용도 그렇고 어지러운 글씨도 그렇고 사태의 긴박함을 생생하게 이야기하고 있었다.

아이코는 숨이 막힐 것 같은 심정으로 어머니에게 이 사실을 알리고 허둥지둥 채비를 했다. 그러는 동안에도 그 혐오스러운 어릿광대의 얼굴이 뒤에서부터 덮쳐들 것만 같은 기분이 들어 무슨 말을 할 여유도, 생각할 여유도 없었다.

"아케치 씨 댁은 알고 계시죠?"

심부름 온 청년에게 물으니, 그는 힘차게 고개를 끄덕이고,

"알고 있습니다. 모든 일에 대해서 자세하게 지시를 받았습니다. 자, 얼른 타세요."

라고 듬직하게 말하고 그녀를 재촉했다.

어머니가 불안해하며 나도 같이 가겠다는 것을 억지로 떼어놓고, 작별의 인사도 하는 둥 마는 둥 자동차에 뛰어들 듯 오르자 자동차는 곧 굉장한 속력으로 달리기 시작했다.

어디를 어떻게 달리는지 바깥의 풍경 같은 건 조금도 눈에 들어오지 않았다. 단지 거리의 전등이 쏜살처럼 뒤쪽으로 달아나는 것이 느껴질 뿐이었다.

20분쯤 지났을까, 문득 깨닫고 보니 창밖에는 아무런 불빛도 없었다. 어딘가 새카맣게 어두운 들판 같은 곳을 달리고 있었다. 아케치의 사무소는 아자부에 있다고 들었다. 아

자부로 가는 길에 이렇게 외진 곳이 있었나 하는 생각이 들자 갑자기 불안을 느끼지 않을 수 없었다.

"아저씨, 여기는 어디죠?"

말을 걸었으나 핸들을 쥐고 있는 사내도, 그 옆에 앉은 조금 전의 청년도 입을 다문 채 돌아보려 하지 않았다.

들리지 않았을 리 없었다. 듣고서도 일부러 대답하지 않는 것이라 생각하자 불안감이 더욱 치밀어 올랐다.

"저기요, 여기는 어디죠? 이젠 아자부에 도착할 때쯤 되지 않았나요?"

새된 목소리로 말하자 조수석에 있던 조금 전의 청년이 마침내 대답했다.

"아자부? 하하하하하, 당신, 아자부에 갈 생각이었나?"

매우 거친 말투였다. 이상했다. 왠지 모르게 심상치 않은 기운이 느껴졌다.

"하지만 아케치 씨 댁은 아자부에 있잖아요."

"하하하하하, 아케치 고고로라, 그런 녀석의 집에 가서야 쓰겠습니까? 자, 아이코 씨, 내 목소리를 들어본 적 없었나요?"

아이코는 심장이 찌릿 저려오는 듯 여겨졌다. 그 목소리는 틀림없이 들어본 적이 있는 것이었다. '이 세상에 절망한 사람의 마음을 알기나 해?'라고 말하며 뒤에서부터 얼굴을 불쑥 내밀었던 그 어릿광대의 목소리와 똑같았다.

헉, 숨을 들이마시고 몸을 웅크리고 있자니 청년이 목에 마치 도르래 장치라도 되어 있는 것처럼 어딘가 기묘한 부자연스러움으로 움직여 휙 뒤를 돌아보았다.

　아아, 저 얼굴!

　어느 틈엔가 청년의 얼굴은 하얀 벽처럼 새하얗게 변해 있었다. 지금까지 깊숙하게 눌러쓰고 있던 사냥모자가 뒤로 젖혀져 있고, 눈썹도 아무것도 없는 밋밋한 얼굴 속에서 실처럼 가느다란 눈과 새빨간 입이 히죽히죽 웃고 있었다.

　아이코는 그것을 보자 묘하게 틀어막힌 듯한 소리로 외치고 자리에서 어정쩡한 자세로 일어나 문의 손잡이에 매달렸다. 달리고 있는 자동차에서 뛰어내릴 생각인 듯 보였다. 그러나 손잡이를 잡는 것이 전부였을 뿐, 그대로 자동차 바닥에 힘없이 쓰러져버리고 말았다.

　새카맣게 어둡고 묵지근한 물속을 정신없이 헤엄치고 있는 것처럼 말로 표현할 수 없는 답답함이 오랜 시간 계속되다 간신히 그 먹과 같은 수면 위로 얼굴을 내밀 수 있었다.

　훅, 깊은 숨을 내쉬고 눈을 떴는데 처음에는 어디인지 알 수 없었으나, 곧 그곳은 역시 자동차 안이라는 사실을 깨닫게 되었다. 룸램프가 꺼져 있어서 바로는 그 사실을 깨달을 수 없었다.

　그래, 맞아. 난 조수석에 있던 청년의 얼굴이 어릿광대의 얼굴로 변한 것을 보고 정신을 잃었었지. 그럼 녀석은 아직 차 안에 있는 걸까? 이렇게 생각하며 살금살금 얼굴을 들어 운전석을 살펴보니 거기에 사람의 그림자는 없었으며, 자동차 안에는 오직 자기 혼자만 있다는 사실을 알 수 있었다.

물론 차는 달리고 있지 않았다. 창밖을 보니 거리 위가 아니라 어딘가 교외의 들판인 듯, 아무런 빛도 눈에 들어오지 않았다.

어째서 운전수와 조수가 모습을 감춘 것인지는 잘 모르겠으나, 어쨌든 감시자의 모습은 어디에서도 보이지 않았다. 어쩌면 아이코가 기절했기에 방심해서 차를 세워놓고 부근을 돌아다니고 있는 것일지도 몰랐다.

달아나려면 지금이다. 이 기회를 놓치면 두 번 다시 자유는 얻지 못할지도 모른다.

아이코는 순간적으로 이렇게 생각하고 우선 오른쪽 문을 밀어보았으나 어떻게 된 일인지 아무래도 열리지 않았다. 그럼 내가 도망치지 못하도록 밖에서 문을 잠근 걸까 싶어 깜짝 놀랐으나, 생각을 바꾸어 이번에는 왼쪽 문의 손잡이를 돌려보았다.

그러자 아아, 고맙게도 그 문은 아무런 고장도 없이 슥 열렸다.

밖은 한 치 앞도 내다볼 수 없는 어둠이었다.

그러나 그런 것을 따지고 있을 때가 아니었다. 아이코는 문을 엶과 동시에 훌쩍 차 밖으로 뛰어내렸다.

오른쪽 발이 땅에 닿았다. 다음은 왼쪽 발이었다. 그러나 왼쪽 발을 앞으로 내민 순간 깜짝 놀랐다. 그 발 아래에는 땅이 없었기 때문이었다.

중심이 기울어 있었기에 오른발만으로 버티고 서 있을 수는 없었다. 내민 왼쪽 발이 깊이를 알 수 없는 공허함 속으로 빨려 들어갔다.

어떻게 된 일인지 깨닫기도 전에 그녀의 몸은 주르르 미끄러지기 시작했다. 바닥이 갑자기 사라져 나락으로 떨어지고 있는 듯한 느낌이었다.

아이코는 정신없이 무엇인가에 매달리려 조바심쳤다. 자신의 몸이 점점 속도를 더해서 밑으로 밑으로, 끝도 없는 바닥으로 떨어지는 것이 말로 표현할 수 없는 공포심을 가져다주었다.

무엇인가가 손에 닿았다. 가느다란 나뭇가지 같은 것이었다.

그녀는 죽을힘을 다해 거기에 매달렸다. 그러고도 30㎝ 정도 주르르 미끄러져 내렸으나 그 나무의 뿌리가 튼튼했는지 간신히 멈출 수 있었다.

두 손으로 나뭇가지에 매달린 채 발로 밑을 더듬어보니 그곳은 깎아지른 듯한 흙의 벽이라는 사실을 알 수 있었다. 어딘가 발 디딜 곳이 없을까 발을 휘저어보아도 발을 디딜 때마다 흙이 무너져 주르르 밑으로 떨어질 뿐이었다.

아아, 그렇구나. 여기는 절벽이야. 자동차는 어느 틈엔가 이런 깊은 절벽 위에 와 있었던 거야. 그런 줄도 모르고 들판이라고만 생각하여 차에서 뛰어내렸기에 바로 절벽에서 발을 잘못 디뎌 떨어지고 만 거야.

그렇다면 여기는 대체 어디일까? 이 정도의 절벽이 있으니 틀림없이 도심에서 멀리 떨어진 산 속일 거야. 이런 곳을 어두운 밤에 사람이 지날 리 없어. 이런 모습으로 날이 밝을 때까지 견뎌야 하는 걸까?

그러나 그때까지 견딜 수 있을 리 없었다. 지금 막 붙들었을 뿐인데 벌써 손바닥이 벗겨지고 두 손이 빠져버릴 것 같은 기분이었다. 아아, 이제는 10분도, 5분도 버틸 수 없으리라.

"누가 좀 와주세요. 살려주세요……."

아이코는 이제 체면이고 뭐고 없었다. 어린 소녀처럼 커다란 목소리로 아우성쳤다.

두 번, 세 번 외치는 동안 그 목소리를 들은 것인지 절벽 위에서 누군가 사람이 움직이는 기척이 있었다.

아아, 다행이다, 드디어 살았어, 라며 눈을 부릅뜨고 2m 쯤 위의 절벽 끝을 올려다보니, 거기에 틀림없이 사람 하나가 웅크리고 앉아 아래를 가만히 들여다보고 있었다.

어둠에 얼마간 눈이 익었기에 희미하게나마 그 사람의

얼굴을 알아볼 수 있었다.

그것은 그 얼굴이었다. 그 새하얀 벽과 같은 얼굴이었다. 언제 갈아입었는지 그 물방울무늬의 헐렁헐렁한 상의를 입고 고깔모자를 쓰고 커다란 손가락인형처럼 절벽 위에서 내려다보고 있었다.

새하얀 얼굴 속에서 그것만이 거뭇하게 보이는 커다란 입술이 이상하게 움직이는가 싶더니 낮고 느린 목소리가 들려왔다.

"후후후후후, 자업자득이야. 나는 그저 자동차를 여기에 세워두었을 뿐이니. 거기서 멋대로 뛰어내려 그런 꼴을 당한 건 너의 자업자득이야."

어릿광대는 여기까지 말하고 지금 한 말의 반응을 살피려는 듯 잠시 입을 다물고 있었다. 그러나 아이코가 아무런 대답도 하지 않았기에 다시 천천히 말했다.

"내가 누구라고 생각하지? 후후후후후, 왜 이런 일을 당한 건지 이상히 여기고 있겠지?"

여기서 잠시 말을 끊었다.

"너의 그 가녀린 손가락의 힘으로 언제까지고 버틸 수는 없을 거야. 너는 곧 깊이를 알 수 없는 골짜기 속으로 떨어지겠지. 그러니 이 세상의 마지막 선물로 내가 어째서 이런 일을 했는지 얘기를 들려주기로 하지. 후후후후후, 마지막으로 잘 들어두도록 해."

그리고 다시 입을 다물어버리고 말았다.

아이코는 지금이라도 빠져버릴 것 같은 두 팔에 마지막 힘을 담아 격렬한 분노를 불태우며 가만히 귀 기울였다. 그 것을 듣기 전까지는 죽어도 이 손을 놓지 않으리라, 이를 악물었다.

도전장

　봄날의 깊은 밤, 사립탐정 아케치 고고로는 서재의 책상 앞에 앉아 묘한 일을 하고 있었다. 커다란 책상 위에는 쌓아놓은 책에 기대어 어릿광대 모양의 손가락인형이 익살스러운 모습으로 앉아 있었다. 그 앞에서는 양철로 만든 샌드위치맨 장난감이 태엽의 힘으로 땅땅 큰북을 두드리며 책상 위를 걷고 있었다.

　명탐정은 어릿광대 인형의 수집이라도 시작한 것일까? 그러나 그는 어릿광대 인형에 흥미를 느끼고 있는 듯한 얼굴은 아니었다. 책상 앞에서 팔짱을 낀 채 쓴 약이라도 삼킨 듯 씁쓸한 얼굴로 가만히 그 장난감들을 노려보고 있었다.

　아케치는 노가미 미야코라는 아가씨가 누군가에게 참살당해 그 시체가 석고상 속에 발려져 있었다는 사건을 신문에서 읽고 커다란 흥미를 느꼈다. 가능하다면 그 괴사건을 자신의 손으로 해결해보고 싶었다.

그런데 그날 저녁, 피해자 노가미 미야코의 약혼자인 시라이라는 피아니스트가 마침 찾아와서, 같은 범인이 미야코의 동생인 아이코도 노리고 있는 듯하다며 아케치에게 그 범인의 수사를 의뢰했다.

명탐정은 자원해서라도 이 기괴한 범죄의 소용돌이 속으로 뛰어들고 싶던 참이었기에 기꺼이 시라이의 의뢰에 응했다. 그리고 그날 밤, 시라이의 안내로 노가미 아이코의 집으로 찾아갔으나 한발 늦어서 아이코는 이미 범인에게 유괴된 뒤였다. 범인은 시라이가 보낸 사람이라고 속여서 아이코를 자동차에 태워 어딘지도 모를 곳으로 데려가버린 것이었다.

그로부터 일주일이 지난 뒤였다. 그러나 경찰의 온갖 수색에도 불구하고 아이코의 행방은 묘연하여 알 수가 없었다. 아케치도 시라이와 아이코의 어머니 등으로부터 전후 사정을 자세히 듣고 여러 가지로 가설을 세워보았으나 아직 명확한 판단을 내리기까지에는 이르지 못했다.

범인은 누구인지. 아이코를 어디로 데려간 것인지. 이 범죄의 동기는 대체 어디에 있는지. 복수인지, 치정인지, 혹은 단순히 미치광이의 짓인지. 아이코도 그 언니와 마찬가지로 이미 살해되어 생각지도 못했던 기묘한 장소에 숨겨져 있는 것은 아닌지, 등등. 의문은 끝도 없었으나 그 어느 하나도 명확하게 풀지 못했다.

그 누구인지 모를 범인은 참으로 귀여운 어릿광대 분장을 하고 있었다. 얼굴에는 벽처럼 하얗게 분을 바르고, 뺨에 빨간 동그라미를 그리고, 입술을 붉게 칠하고, 새빨간 물방울무늬의 헐렁헐렁한 의상을 입고 있었다. 그리고 피해자에게 미리 자신과 같은 모습의 어릿광대 인형을 보내는 버릇이 있었다. 어떨 때는 토기로 만든 손가락인형을, 어떨 때는 양철로 만든 샌드위치맨 인형을 보내서 피해자를 떨게 만들었던 것이다.

지금 아케치의 책상 위에 있는 2개의 어릿광대 인형은 노가미 아이코의 어머니에게서 빌려온 그 범죄예고 인형이었다. 아케치는 그 외에도 사건을 맡고 있었기에 그것만 생각하고 있을 수는 없었으나 조금이라도 시간이 나면 그 어릿광대 인형들을 꺼내, 샌드위치맨을 걷게 하기도 하고 손가락 인형을 손가락에 끼우기도 하며 그 기괴한 사건에 대해서 이리저리 생각을 해보았다.

"어릿광대라니 묘한 착상이야. 이번 범인은 유머를 이해하고 있기라도 하단 말인가? 과연 살인에도 유머가 있기는 한 걸까? 있다면 지옥의 유머겠지. 신문기자가 '지옥의 어릿광대'라는 표제어를 단 것도 당연한 일이야. 흠, 상대로 삼기에 부족함이 없어. 자, 어릿광대 씨, 지금부터 두뇌싸움이야. 너와 나의 두뇌싸움이야."

아케치는 농담처럼 이런 말을 중얼거리며 손목에 어릿광대 인형을 끼워 까딱까딱 춤을 추게 해보았다.

"선생님, 시라이 씨가 오셨습니다."

돌아보니 조수인 고바야시 소년이 문을 열고 서 있었다. 아케치가 어릿광대 인형과 장난치고 있는 모습을 놀란 듯 바라보고 있었다.

"응? 시라이 씨가 이렇게 늦은 밤에? 무슨 일이 있었군. 바로 여기로 모시도록 해."

소년 조수가 나가자 뒤이어 피아니스트인 시라이 세이이치가 심상치 않은 모습으로 들어왔다. 연주회에서 돌아오는 길인 듯 턱시도를 입고 있었으나, 목깃은 헝클어져 있었고 넥타이도 풀어지려 하고 있어서 평소 단정한 차림의 그와는 어울리지 않는 모습이었다.

"선생님, 또 새로운 사건이 일어났습니다."

그는 인사도 하지 않고 다짜고짜 이렇게 말하며 의자에 털썩 앉았다.

"네? 새로운 사건? 이 녀석이 말입니까?"

아케치가 손목에 끼운 채 어릿광대 인형을 들어 보였다.

"네, 그 녀석입니다. 이번에는 무대 천장에서 단검이 날아왔습니다. 아이자와 레이코가 하마터면 당할 뻔했습니다."

"아이자와 레이코라고요?"

아이자와 레이코는 떠오르는 신진 소프라노였기에 아케치도 그 이름을 알고 있었다.

"이번에는 그 사람이 표적입니다. 바로 조금 전의 일이었습니다. 제가 반주를 해서 슈베르트의 '들장미'를 막 부르기 시작했을 때, 갑자기 무대 천장에서 휙 단검이 날아왔습니다. 그리고 그 사람의 어깨를 스쳐 무대 바닥에 꽂혔습니다.

장소는 H극장입니다. 사회사업에 기부를 위한 모임으로 회장 가득 사람들이 몰려들어 매우 성대한 자리였는데 그곳으로 단검이 날아들었기에 커다란 소동이 벌어졌습니다. 도저히 독창회를 계속할 수 있는 상황이 아니었습니다. 경찰이 달려와 무대 천장에서부터 대기실, 지하실까지 살펴보았으나 범인은 어디에서도 발견되지 않았습니다.

저도 취조를 받았고, 그것이 끝나자마자 이곳으로 곧장 달려온 겁니다."

시라이는 숨도 쉬지 않고 여기까지 말한 뒤 잠시 입을 다물고 하얗게 질린 얼굴로 아케치를 가만히 바라보았다.

"단검을 천장에서 던진 겁니까, 아니면 어떤 장치를 해서 적당한 때에 떨어지도록 한 겁니까?"

아케치가 바로 요점에 관한 질문을 시작했다.

"던진 모양입니다. 무대 관계자가 그 모습을 얼핏 보았다고 합니다. 새빨간 옷을 입은 녀석이 무대 천장을 기어가고 있었다고 합니다. 천장에는 연극에 사용되는 여러 가지 도구들이 매달려 있어서 매우 복잡한데, 그 천장 속의 가느다란 판자 길 위를 새빨간 녀석이 굉장한 속도로 달려가는 것을 얼핏 보았다고 합니다."

"어릿광대 복장이었겠지요?"

"네, 그런 것 같습니다."

"하지만 그 녀석은 끝내 발견되지 않았죠?"

"어디로 도망친 건지 전혀 알 수 없습니다. 관람석 쪽으로는 물론 도망칠 수 없고, 대기실 입구 쪽에도 사람들이 여럿 있었는데 누구도 그런 빨간 옷을 입은 녀석을 본 사람은 없었다고 합니다. 경찰의 의견으로는 그 빨간 옷을 벗고 다른 모습으로 태연하게 빠져나간 것 같다고 합니다만."

"그랬을지도 모르겠군요. 연주회 같은 데서는 대기실 쪽에도 평소 낯선 사람들이 여럿 있어서 빨간 상의를 벗고 평범한 양복 같은 걸 입으면 얼핏 알아채지 못할 테니까요."

"그렇습니다. 경찰 쪽 사람들의 의견도 비슷합니다."

"흠, 녀석이 할 만한 짓이로군. 연주회의 화려한 무대 위에서 끔찍한 연극을 펼쳐 보이려 했던 겁니다. 석고상의 경우도 같은 착상입니다. 허영심이라고 해야 할지, 과시욕이라고 해야 할지, 녀석의 수법에는 언제나 상식으로는 판단할 수 없는 광기어린 부분이 있습니다. 어쨌든 단검이 표적에서 벗어난 것은 참으로 다행스러운 일입니다."

"네. 하지만 범인이 이것으로 포기할 리 없으니 아이자와 레이코는 완전히 공포에 휩싸여서, 참으로 가엾습니다.

역시 아이자와 씨 집에도 오늘 아침에 그것과 같은 어릿광대 인형이 배달되었다고 합니다. 무대에 나서기 조금 전에 아이자와 씨로부터 그 이야기를 듣고 깜짝 놀랐었습니다만, 설마 녀석이 연주회에 찾아오리라고는 생각지 못했기에 어쨌든 프로그램을 진행한 것입니다.”

“역시 예고를 했었군요.”

“네. 그것과 같은 인형인 듯합니다. 아이자와 씨는 그 사실을 바로 경찰에 알렸다고 합니다. 그랬기에 연주회에도 사복을 입은 형사들이 여럿 들어와서 경계를 해주셨다고는 합니다만, 아무런 소용도 없었던 겁니다.”

“그런데 아이자와 씨는 무사히 귀가하셨나요?”

“네, 경찰에서 충분히 경계를 해주었고 집에도 감시를 붙여준다고 했습니다. 하지만 상대가 상대이니만큼 방심할 수 없습니다. 역시 선생님께도 그 사람을 부탁해야겠다고 생각해서. 아이자와 씨에게도 선생님에 대해 잠깐 얘기를 해두었습니다.”

“아이자와 씨의 집은 어디인가요? 전화는 있나요?”

“역시 이 아자부 구의 S동입니다. 전화도 있습니다.”

“그럼 당신이 전화를 해서 그 후의 상황을 물어보시기 바랍니다. 아이코 씨와 같은 일이 또 일어나면 큰일이니 무슨 일이 있어도 결코 외출해서는 안 된다고 잘 일러두시기 바랍니다.”

“네, 그렇군요. 전화를 빌리고 싶은데…….”

아케치 앞에 있는 탁상전화를 빌려 아이자와 레이코의 집에 전화를 건 시라이는 본인을 바꿔달라고 해서, 아케치에게 사건을 의뢰하고 있다는 사실을 말하고 가짜 심부름꾼 등에게 속지 않도록 조심하라고 잘 당부해두었다. 그 후 레이코의 신변에는 특별히 이상한 일도 일어나지 않았으며, 두 명의 사복형사가 엄중하게 감시를 계속해주고 있다는 것이었다.

　그 통화가 끝나자 아케치는 경찰청의 효도 수사계장에게 전화를 걸어 이번 사건에 관여할 생각이라고 양해를 구했다. 효도 계장은 아케치와 매우 가까운 사이였기에 그쪽에서도 이번 사건의 수사가 어렵다는 사실 등을 털어놓기도 하며 흔쾌히 승낙을 해주었다.

　"자네 힘으로 범인을 발견해준다면 커다란 도움이 될 거야."

　이런 농담을 하기도 했다.

　아케치는 전화를 끊고 시라이 쪽으로 돌아앉아 다시 질문을 시작했다.

　"아이자와 씨에게도 물론 짚이는 곳은 없는 거겠지요? 누군가에게 원한을 사고 있다거나……."

　"조금도 짚이는 곳이 없다고 합니다. 저도 그 점에 대해서는 이상하게 생각하고 있는데 노가미 미야코와 아이코, 이번의 아이자와 씨는 아는 사이도 아니고 그들 사이에는 아

94 _ 지옥의 어릿광대

무런 관계도 없습니다. 그런데 갑자기 녀석이 아이자와 씨를 노리기 시작한다니, 무슨 생각인지 전혀 짐작이 가지 않습니다. 제멋대로 광기어린 짓을 하고 있는 것이라고밖에 여겨지지 않습니다."

시라이는 맞서야 할 상대가 없다는 사실이 답답하다는 듯, 주먹을 힘껏 쥐었다.

"당신과 아이자와 씨는 친한 사이인가요?"

아케치가 뭔가 의미가 있다는 듯 물었다.

"네, 2년쯤 전에 알았습니다만, 상당히 친하게 지내고 있습니다. 반주는 늘 제가 맡고 있으며 개인적으로도 친하게 지내고 있습니다."

"그럼, 이번 사건도 반드시 연관성이 없다고는 할 수 없겠군요."

"네? 그건 어떤 의미입니까?"

시라이가 깜짝 놀란 듯 탐정의 얼굴을 보았다.

"생각해보세요. 노가미 미야코 씨는 당신의 약혼녀였죠? 그 동생인 아이코 씨는 물론 당신과 친한 사이이고, 거기에 이번의 아이자와 씨도 말씀하신 것처럼 당신의 친구 아닙니까? 따라서 당신을 중심으로 생각한다면 이 세 개의 사건에 연관성이 없다고는 결코 말할 수 없습니다."

"그러니까 어떻게 되는 겁니까? 저는 얼핏 이해할 수 없습니다만."

시라이가 묘한 표정으로 눈을 깜빡였다.

"아니, 그게 어쨌다는 건 아닙니다. 그저 전혀 연관성이 없는 것도 아니라는 사실을 말한 것뿐입니다. 저는 말입니다, 그런 식으로 연관지어보고 당신에게 격렬한 질투심을 느낄 만한 사람이 어딘가에 있지 않을까 잠깐 생각해본 겁니다. 그런 쪽으로 짚이는 부분은 없습니까?"

아케치가 미소 띤 얼굴로 상대방의 남자다운 미모를 바라보았다.

"아아, 그런 의미였습니까? 하지만 안타깝게도 그런 염복(艶福)은 없습니다. 게다가 미야코와는 물론 약혼한 사이입니다만, 아이코나 아이자와 씨와는 특별히 그런 관계가 있었던 것도 아니니까요."

시라이가 눈가를 약간 붉히며 그 말을 부정했다.

"물론 당신 자신이 생각하기에는 그렇겠습니다만. 그러나 다른 3명의 피해자에게는 이렇다 할 연관성이 없으니, 역시 탐정 일을 하는 데 있어서는 하나의 요소로 염두에 두지 않을 수 없습니다.

설령 아무런 관계가 없다 할지라도 질투라는 것은 그렇게 이성적인 것이 아니니, 조금이라도 마음에 걸리는 점이 있다면 숨기지 말고 말씀해주셨으면 합니다만."

어떤 이유에서인지 아케치는 그 점에 대해서 자꾸만 캐물었다.

"아니, 그런 일은 전혀 없었습니다. 저를 중심으로 생각했을 경우, 그러한 질투심을 품을 만한 사람은 여성일 테지만, 무엇보다 이번의 범인은 여성이 아니고, 또 그런 방면으로 저는 꽤나 소심한 편이어서 지금까지 그런 관계를 맺은 여성은 한 명도 없었으니까요."

시라이가 청년답게 발끈하며 변명을 했다.

"아, 이거 죄송하게 됐습니다. 순간 당신의 감정을 생각할 여유가 없었습니다. 탐정이라는 일을 하다보면 아무래도 노골적으로 말을 하게 되어 저도 곤란할 때가 있습니다. 너무 마음 상하지 마십시오."

아케치가 웃으며 사과를 했는데, 바로 그때 탁 하는 소리가 나더니 어디에선가 조그만 화살 같은 것이 날아와 책상 위의 샌드위치맨 인형 앞에 거꾸로 박혔다.

두 사람은 퍼뜩 놀라 자신도 모르게 자리에서 일어났다.

과연 아케치는 잽싸게 자리에서 일어나는가 싶더니 방의 한쪽에 열려 있던 창 쪽으로 달려가 정원을 바라보았다.

그러나 좁다란 정원에는 사람이 숨을 만한 곳도 없었기에 한눈에 사람이 없다는 사실을 알 수 있었다. 아마도 그 바로 뒤편에 있는 담 너머에서 던진 것이리라. 담장 바깥이라면 이제 와서 쫓아봐야 소용없는 일이었다.

책상 앞으로 돌아온 아케치는 그 화살과 같은 것을 가만히 뽑아 살펴보았다. 그것은 아이들이 가지고 노는 장난감 바람총의 화살이었다. 종이를 가느다랗게 만 끝에 바늘을 끼운, 길이 9㎝ 정도의 바람총 화살이었다.

"응, 안에 무엇인가가 감겨 있는데."

바람총 화살의 종이 통 속에 자잘한 글씨가 적혀 있는 얇은 종이가 들어 있었다. 아케치는 그것을 끄집어내 정성스럽게 책상 위에 펼쳐보았다.

"역시 녀석의 짓이로군. 하하하하하, 녀석은 제가 무서운 겁니다. 보세요, 저한테까지 이런 협박장을 보냈습니다."

그 얇은 종잇조각에는 자잘한 글씨로 다음과 같이 적혀 있었다.

〈아케치 군, 쓸데없는 참견은 그만두게. 만약 네가 섣불리 관여를 한다면 나는 목숨 하나를 더 살생할 수밖에 없어. 즉, 너의 목숨이 위태로워질 게야. 알겠는가? 조용히 물러나는 게 너를 위한 일이야. 무엇보다 네가 아무리 머리를 짜낸다 할지라도 이번 사건의 비밀은 풀 수 없을 테니. 이건 사람의 머리로는 풀 수 없는 지옥의 비밀이야. 논리를 뛰어넘은 신비로운 수수께끼야. ─지옥의 어릿광대가〉

"후훗, 흥미로운 짓을 하는군. 지옥의 어릿광대라니, 신문기자가 붙여준 이름을 벌써부터 버젓이 쓰고 있어. 시라이 씨, 이 녀석은 상당한 인텔리입니다. 어디서나 흔히 볼 수 있는 범죄자가 아닙니다. 이 부분은 어떻게 생각하십니까? 지옥의 비밀이라는 둥, 신비로운 수수께끼라는 둥, 오래된 탐정소설에라도 나올 법한 문구 아닙니까?"

아케치는 별일 아니라는 듯 웃고 있었으나, 그 협박장을 읽은 시라이는 공포의 소용돌이 속으로 더욱 빨려들어가는 듯한, 말로 표현할 수 없는 불안을 느끼지 않을 수 없었다.

와타누키 소진

도전장 속에 '네가 아무리 머리를 짜낸다 할지라도 이번 사건의 비밀은 풀 수 없을 테니. 이건 사람의 머리로는 풀 수 없는 지옥의 비밀이야. 논리를 뛰어넘은 신비로운 수수께끼야.'라는 말이 있었다.

이는 단순히 범인의 엄포라고만 여겨지지는 않았다. 이번 사건에서는 처음부터 어딘가 범인이 말한 '지옥의 비밀'이네 '신비로운 수수께끼'네 하는 것이 느껴졌다. 이렇게까지 커다란 범죄를 저질렀는데도 여전히 범인의 정체조차 상상하지 못한다는 한 가지 사실만 놓고 보더라도 '신비로운 수수께끼'임에 틀림없었다. 피해자들은 자신의 목숨을 노리는 상대에 대해서 전혀 짚이는 바가 없다고 말했는데 그런 일이 과연 있을 수 있는 걸까?

미치광이의 짓이라고 해버리면 그것으로 그만이다. 그러나 미치광이가 이처럼 면밀한 계획을 세울 수 있을 리 없었다. 이 범죄는 전혀 연관성이 없는 살인광의 소행처럼 보이면서도, 의외로 그렇지 않은 부분이 있었다. 잘 생각해보면 그의 범죄계획에는 모두 연관성이 있는 것 같기도 했다.

"시라이 씨, 재미있다고 하면 좀 그렇지만, 전 이번 사건을 아주 재미있다고 느끼고 있습니다. 범인 자신도 말한 것처럼 이번 사건의 이면에는 뭔가 터무니없는 비밀이 숨겨져 있습니다. 겉으로 드러난 일들로는 전혀 상상할 수도 없는 일이 어딘가에 숨어 있습니다.

저는 조금 전부터 여기서 저 어릿광대 인형을 가지고 놀며 여러 가지로 생각을 해봤는데, 그랬더니 저 인형이 제게 그런 말을 속삭이는 듯한 느낌이 들었습니다. 이 범인의 도전장을 읽고 나니 그것이 한층 더 확실해졌습니다.

겉으로 드러난 것만 해도 쉽게 전례를 찾아볼 수 없을 것 같은 범죄사건입니다만, 그 이면에는 훨씬 더 섬뜩한 것이 숨어 있습니다."

아케치가 진지한 표정으로 허공을 바라보며 절반은 혼잣말처럼 중얼거렸다.

"당신이 그렇게 말씀하시니 더욱 안심할 수 없게 되었습니다. 아이자와 씨는 괜찮을까요? 녀석은 마치 신통력이라도 가진 놈 같으니까요. 이렇게 있어도 왠지 불안해서……."

시라이 세이이치는 가만히 있을 수 없다는 듯 의자에서 일어서려 했다.

"그렇다면 당신은 다시 한 번 아이자와 씨 댁으로 가주시는 게 어떻겠습니까? 그리고 창문을 조심하라고 전해주십시오. 독을 바른 바람총도 생각해볼 수 있으니까요. 녀석이 바람총의 명수라면 그 점도 조심하지 않으면 안 됩니다."

"앗, 그렇군요. 선생님, 한 번만 더 전화를 쓰겠습니다. 한시라도 빨리 그 사실을 말해주는 것이 좋을 듯하니."

시라이는 다시 탁상전화에 매달려 레이코를 불러내서는 창을 전부 닫으라고 주의를 주었다.

"그럼 전 지금부터 다시 한 번 아이자와 씨 댁으로 가볼 생각입니다만, 혹시 괜찮으시다면 선생님도 함께 가주실 수 없으시겠습니까?"

"네, 물론 저도 갈 생각입니다만, 당신과 함께가 아니라 저는 저대로 따로 가도록 하겠습니다."

아케치가 의미 있는 듯한 미소를 지으며 대답했다.

"네? 따로라면?"

"아케치라는 이름을 밝히지 않고 전혀 다른 별개의 인물이 되어 갈 생각입니다. 적을 속이기 위해서는 우선 아군을 속여야 합니다. 무슨 말인지 아시겠지요? 다시 말해서 저는 당신들이 전혀 예상하지 못할 의외의 방법으로 아이자와 씨 댁을 방문할 생각입니다."

아케치가 시라이의 귓가로 입을 가져가 속삭이듯 말했다.

"아, 그렇습니까? 알겠습니다. 그럼 모쪼록 잘 부탁드리겠습니다. 저는 지금 당장 그쪽으로 가겠습니다."

시라이는 아이자와 레이코의 주소를 종잇조각에 적어 아케치에게 건네주고 인사도 하는 둥 마는 둥 서둘러 탐정사무소를 떠났다.

그로부터 얼마 지나지 않아 아케치도 사무소에서 모습을 감추었으나 어떤 모습을 하고 어디로 나갔는지 아는 사람은 아무도 없었다. 앞문은 물론 뒷문으로도 아케치 같은 인물이 나가는 모습은 전혀 보이지 않았으나 그는 그날 밤 내내 자신의 집에는 없었다.

경찰의 엄중한 경계가 효력을 발휘한 것인지, 아케치 탐정이 측면에서 호위를 한 덕분인지 그날 밤은 아이자와 레이코의 신변에 아무런 일도 일어나지 않고 날이 밝았다.

이튿날 오전 10시, 언제 돌아왔는지 아케치는 사무소의 서재에서 역시 예의 어릿광대 인형을 가지고 놀며 무엇인가 생각에 잠겨 있었다.

"선생님, 이 사람이 꼭 뵙고 싶다며 물러나려 하지 않습니다만⋯⋯."

조수인 고바야시 소년이 당황스럽다는 듯한 얼굴로 들어왔다. 그는 아케치가 어제 밖에서 밤을 샜다는 사실을 눈치채고 있었기에 첫 번째 방문자를 돌려보내려 했던 것이다.

명함을 받아 그것을 보자마자 아케치의 얼굴에 갑자기 생기가 돌기 시작했다.

"괜찮으니 이리로 모시고 와. 와타누키 소진이 찾아왔어. 설마 잊은 건 아니겠지? 와타누키는 어릿광대 사건에서 처음으로 범인이 아닐까 의심을 받았던 괴짜 조각가잖아. 선생, 의혹이 풀려서 귀가를 허락받은 거야."

잠시 후, 그 소진이 고바야시 소년의 안내를 받아 해골처럼 뼈가 앙상한 얼굴 속의 커다란 눈을 데굴데굴 굴리며 들어왔다. 한동안 경찰에 유치되어 있던 뒤였기에 한층 더 초췌했으며, 그의 헐렁헐렁한 양복도 심하게 구겨져 있었다.

인사가 끝나자 아케치가 위로하듯 조각가에게 의자를 권했다.

"전에부터 전 당신을 한번 뵙고 싶었습니다. 탐정이란 멋진 직업입니다. 저도 탐정에는 흥미를 가지고 있습니다."

소진이 미술가다운 분방한 투로 느닷없이 이렇게 말했다.

"뜻밖의 커다란 일을 당하셨습니다. 아틀리에까지 불에 타버렸다고 들었습니다."

아케치가 빙그레 웃으며 대답했다.

"아니, 아틀리에랄 것도 없습니다. 그런 낡은 아틀리에는 아무래도 상관없습니다. 그보다 저는 이번 살인사건에 흥미를 가지고 있습니다. 사실은 그저께 경찰로부터 귀가조치를 받아 그 이후에야 신문을 통해서 마침내 이번 사건의 대략을 알게 되었습니다만, 왠지 저도 이번 사건을 조사해보고 싶다는 생각이 들었습니다."

소진이 해골과도 같은 턱을 바들바들 움직이며 매우 열심히 말했다.

그러나 그 말을 들은 아케치는 어딘가 이해할 수 없다는 느낌이 들었다. 소진은 아케치가 이번 사건에 관계하고 있다는 사실을 마치 아주 잘 알고 있다는 듯 말하고 있었다. 아케치가 이번 사건의 의뢰를 받았다는 사실은 신문에도 실리지 않았으며, 그것을 알고 있는 사람은 시라이 세이이치와 노가미 아이코의 어머니와 아이자와 레이코밖에 없을 터였다. 소진은 그 비밀을 대체 어떻게 해서 알아낸 것일까?

"그런데 제게 하실 말씀이 있다는 건 어떤 것입니까?"

아케치가 약간의 경계심을 가지고, 그러나 태연하게 물었다.

"아니, 그게 그러니까. 이상한 말씀 같지만 선생님, 저를 한번 제자로 삼아주시지 않으시겠습니까? 탐정의 제자로 말입니다. 선생님이 이번 사건에 관계하고 있다는 사실은 대충 짐작하고 있습니다. 천하의 아케치 탐정이 이렇게 커다란 사건에 흥미를 가지고 있지 않을 리 없으니까요. 하하하하하. 그러니 저도 이번 사건의 범인 수사를 돕게 해주셨으면 합니다."

괴이한 조각가가 마침내 서슴지 않고 말했다. 문외한 주제에 커다란 도움이라도 줄 것 같은 기세였다.

"마치 제가 이번 사건을 맡았다고 단정하고 계신 듯 말씀 하시는군요."

아케치가 비아냥거리듯 말하자 조각가가 둥그런 눈을 크 게 뜨고,

"네, 저는 그렇게 단정 지었습니다. 직감력이 날카로운 편이라서요. 틀린 적이 거의 없습니다. 선생님, 물론 이번 사건에 관계하고 계시겠지요?"

라며 얼굴을 앞으로 불쑥 내밀어 아케치의 얼굴을 빤히 들 여다보았다.

"그건 상상에 맡기겠습니다만, 당신이 이번 사건의 탐정 에 그렇게 흥미를 가지고 계신 데에는 어떤 특별한 이유라 도 있으십니까?"

"당연히 있지요. 녀석을 찾아내서 복수하고 싶다는 마음 도 물론 있습니다만, 그보다 이번 사건의 말로 표현할 수 없는 기괴함이 저를 매료시켰습니다. 이해할 수 있으시겠 죠? 탐정본능이라는 것입니다.

어젯밤에는 세 번째 피해자가 하마터면 그대로 당할 뻔했 다고 하던데요. 어떻습니까? 녀석은 젊은 여성들만 노리고 있지 않습니까? 대체 무엇이 목적일까요? 선생님께서는 벌 써 다 알고 계실지도 모르겠습니다만."

소진은 이번에도 얼굴을 불쑥 내밀어 마치 상대방의 마음

속을 꿰뚫어보기라도 하겠다는 듯 커다란 눈을 반짝였다.

　지옥에서 기어나온 것 같은 그 기괴한 얼굴을 바라보고 있자니 아케치는 문득 묘한 생각이 떠올랐다.

　혹시 이 녀석이 그 바람총의 주인 아닐까. 이 녀석이 바로 그 무시무시한 어릿광대 아닐까.

　이 놀라운 생각이 명탐정을 한없이 기쁘게 했다. 아아, 이 녀석이 그 살인귀라면, 눈앞에서 그 커다란 적이 웃고 있는 것이라면!

　"관계하고 있는지 어떤지와는 상관없이, 물론 저도 이번 사건에는 흥미를 가지고 있습니다만, 아직 아무것도 아는 게 없습니다. 범인이 누구인지는 말할 것도 없고, 범인의 목적이 무엇인지조차 저는 조금도 아는 것이 없습니다."

　"정말입니까? 명탐정답지 않은 말씀이시네요……. 저도 여러 가지로 상상을 해보았습니다만, 푸른 수염 아닐까요? 네, 서양의 이야기에 곧잘 등장하는 그것 아닐까요? 피해자가 전부 젊은 여성이니.

　아아, 피해자 가운데 저는 처음으로 당한 노가미 미야코라는 아가씨를 알고 있습니다."

　"네? 미야코를 알고 계신다고요?"

　"그렇습니다. 사실 오늘은 그 말씀을 드리고 싶어서 온 것입니다. 그녀는 예전에 저의 제자였던 적이 있었습니다. 약간 특이한 구석이 있는 여성이었습니다만. 유화를 배우러 왔었습니다. 그림은 저도 전문이 아닙니다만, 아마추어 여성을 가르칠 정도는 되니까요."

"언제쯤이었습니까?"

"벌써 2년쯤 전이었습니다. 여학교를 막 졸업한 뒤였습니다. 6개월 정도 제 아틀리에에 다닌 적이 있었습니다."

"동생인 아이코도 알고 계신가요?"

"아니, 가족에 대해서는 아무것도 모릅니다. 미야코와는 여학교의 그림선생을 하고 있는 제 친구의 집에서 알게 되었는데, 어떻게 된 일인지 제가 마음에 들었던 모양으로 언제부턴가 저희 집에 그림을 배우러 오게 되었습니다."

"그렇다면 첫 번째 피해자와 당신 사이에 아무런 관계가 없었던 게 아니군요. 이번 사건에서 범인이 당신에게 혐의를 뒤집어씌우려 했던 것 역시 우연만은 아니라고 말할 수도 있겠네요."

아케치가 그 점을 퍼뜩 깨닫고는 조금 놀랐다는 듯 상대방의 얼굴을 바라보았다.

"그렇습니다. 범인은 저와 미야코의 관계를 알고 있는 녀석이 아닐까 생각됩니다."

"하지만 관계라고 해봐야 그저 그림을 가르쳐준 게 전부 아닌가요?"

아케치는 소진이 관계라는 단어에 묘한 억양을 주어 말한 것을 흘려듣지 않았다.

"아니, 그게 반드시 그렇지만도 않습니다."

어떤 이유에서인지 소진이 히죽히죽 웃었다.

"아니라면?"

"미야코라는 아가씨는 조금 특이한 구석이 있어서요. 뭐라고 해야 하나, 로맨티스트라고 해야 할지, 말하자면 꿈에 젖어 사는 여자였습니다. 이런 저의 어디가 좋아서였는지, 그 아가씨는 제게 사제 이상의 호의를 품고 있었습니다."

그 말을 들은 아케치는 자신도 모르게 상대방의 해골 같은 얼굴을 바라보지 않을 수 없었다. 같은 남자가 보기에는 언뜻 연애와는 거리가 먼 얼굴이었다. 그러나 꿈에 젖어 사는 여자에게는 외모보다도 이 조각가의 예술가다운 정신이 마음에 들었던 것일지도 몰랐다.

"그런데 저는 아무래도 그 아가씨가 좋아지지 않았습니다. 그 아가씨에게는 뭐라고 해야 좋을지, 아무래도 좋아할 수 없는 일면이 있었습니다. 숙명적으로 저와 그 아가씨는 성격이 맞지 않았던 것이라고 말해야 할지. 상대방이 호의를 보이면 보일수록 저는 섬뜩해져서 얼굴을 보기조차 싫어졌습니다. 그래서 결국은 제 쪽에서 사제관계를 끊어버렸습니다만."

"추한 얼굴이었나요?"

"아니, 그렇지만도 않았습니다. 아름답다고는 말할 수 없을지 모르겠지만, 그냥 보통이었습니다. 추한 얼굴은 아니었습니다."

"이상하네요. 그렇다면 당신이 이번 사건에 휘말리게 된 이유를 알 수 없게 되지 않습니까? 미야코 씨와 친한 사이였다면 모르겠지만, 지금 하신 말씀대로라면 그 반대인데 미야코 씨를 미워한 자가 당신에게 앙갚음을 하려 했다는 것은 생각하기 어려운 일입니다."

"그렇습니다. 저도 그 점을 전혀 이해할 수가 없습니다. 특별한 이유 없이 마침 적당한 위치에 제 아틀리에가 있었기에 저를 혐의자로 만들 생각이 들었던 걸지도 모르겠습니다.

어쨌든 끔찍한 놈입니다. 녀석, 저를 태워죽일 생각이었으니까요. 소노다라는 형사가 구해주지 않았다면 저는 지금 이렇게 있을 수 없었을 겁니다."

"그렇기에 우연한 위치 관계 때문에 그 아틀리에를 고른 것이라고 하기에는 당신이 너무 위험한 일을 당했다고 저는 생각하고 있습니다. 아무리 악당이라지만, 아무런 원한도 없는 당신을 태워죽이려 일을 꾸미다니 조금 지나친 것 같습니다. 거기에는 어떤 이유가 있을지도 모릅니다."

아케치는 이렇게 말하고 상대방의 눈 속을 가만히 들여다보았다. 소진도 뭔가 깜짝 놀란 듯한 표정으로 탐정을 마주보았다. 두 사람은 그렇게 약 1분 정도나 아무 말 없이 서로의 얼굴을 바라보았다.

"아케치 선생님, 당신, 설마 저를 의심하고 계신 건 아니겠지요. 피해자 가운데 한 명인 것처럼 꾸미던 놈이 사실은 범인이었다는 실례는 얼마든지 있으니까요."

소진이 커다란 눈동자를 이리저리 굴리며 결심을 한 듯 말을 꺼냈다.

"하하하하하, 그렇습니다. 조금 전에 그런 생각을 잠깐 했었습니다만, 당신의 말씀을 듣고 그렇지 않다는 사실을 알게 되었습니다. 당신은 살인을 저지를 수 있을 만한 사람이 아닙니다."

아케치가 태연하게 웃어 보였다.

"그럼, 저를 탐정의 조수로 써주시겠습니까?"

"네, 도와주세요. 앞으로 당신이 아니면 할 수 없는 일이 생길지도 모르니까요."

아케치가 뭔가 의미심장하게 말하고 생글생글 웃으며 조각가의 해골 같은 얼굴을 바라보았다.

거인의 그림자

그날 밤의 일이었다.

아자부 구 S동 아이자와 레이코의 집은 4명의 사복형사에 의해서 지켜지고 있었다. 그들은 형사라 알아볼 수 없는 분장을 하고 혹은 대문 앞과 뒷문을, 혹은 바깥의 어둠을 통행인 한 사람 한 사람에게 주의하여 눈을 번뜩이며 오가고 있었다.

물론 아케치 고고로도 어딘가에서 야간 경계를 서고 있을 터였지만, 아이자와 집안의 사람들도 형사들도 그 사실은 조금도 눈치 채지 못했다. 그는 누구 하나 생각지도 못했던 인물로 분장하여 뜻밖의 장소에 몸을 숨기고 있었던 것이다.

레이코는 집 안 깊숙한 곳에 있는 자신의 방에서 아버지인 아이자와 씨와 오늘 밤에도 찾아온 시라이 세이이치의 보호를 받으며 잡담으로 불안한 마음을 달래고 있었다.

정원에 면한 8첩짜리 방을 서양풍으로 꾸며 의자와 테이

블을 놓고 한쪽 벽 앞에 피아노를 놓고 벽면에는 신진 서양화가 M씨의 풍경화 등을 걸어, 부드럽고 차분한 색채가 레이코의 품위 있는 취향을 말해주고 있었다.

정원 쪽으로는 장지문 바깥에 유리문이 굳게 닫혀 있었다. 바람총에 대한 주의를 받은 이후부터는 한낮에도 유리문을 연 적이 없었으며, 잠을 잘 때는 평소 사용한 적이 없었던 유리문 바깥의 덧문까지 닫아두었다.

레이코는 새하얀 블라우스를 입고 지친 모습으로 안락의자에 몸을 기대고 있었는데 창백한 얼굴이 한층 더 청순하게 보여 평소와는 또 다른 아름다움이 느껴졌다.

이야깃거리도 떨어져 세 사람이 잠시 입을 다물고 있을 때 방의 장지문이 열리더니 하녀가 1통의 편지를 가지고 들어왔다.

"어머, 고토노 씨가 보냈네. 놀러 가겠다고 약속해놓고 아무런 말도 없이 가지 않았으니, 틀림없이 그 일 때문일 거야."

레이코가 숨통이 트인다는 듯 기운을 내서 그 편지를 뜯었다. 고토노란 음악학교 동창으로 친하게 지내는 여성이었다.

그러나 봉투를 열어 편지지를 펼치는가 싶더니 레이코의 상반신이 움찔 움직였으며, 순식간에 얼굴색이 바뀌어갔다.

"무슨 일이냐, 레이코."

아버지 아이자와 씨가 깜짝 놀라서 딸을 바라보았다. 풍성한 반백의 머리를 가른 아이자와 씨는 갸름한 얼굴에 나약해 보이는 사람이었다. 50세를 넘은 것이리라. 거친 비단의 평상복에 검은색 허리띠를 매고 있는 배 부근이 사마귀처럼 딱할 정도로 야위어 있었다.

"시라이 씨, 또 왔어요. 고토노 씨의 이름으로 녀석이 보낸 거예요."

레이코가 어떻게 해야 좋을지 모르겠다는 듯 백짓장처럼 질려버린 얼굴로 속삭이며 그 편지지를 테이블 위에 놓았다.

시라이가 그것을 읽어보니 가증스러운 악마의 다음과 같은 끔찍한 협박이 적혀 있었다.

〈바로 오늘 밤, 네 신변에서 하나의 이변이 일어날 것이다. 조심하기 바란다. 어릿광대는 언제까지고 지옥의 유희를 단념하지 않을 테니. 오늘 밤이야말로 너는 끝을 알 수 없는 공포 때문에 그 아름다운 얼굴을 일그러뜨리게 될 것이다.〉

"레이코 씨, 녀석의 말에 놀아나서는 안 됩니다. 이런 말로 당신을 겁먹게 하려는 겁니다. 그게 전부입니다. 아무 일도 없을 겁니다.

게다가 아버님과 제가 옆에 있으니 아무리 녀석이라 해도 무슨 짓을 할 수 있겠습니까? 안심하세요. 안심하고 계세요."

시라이는 어쨌든 레이코를 안심시키는 수밖에 없었다.

　"그래. 오늘 밤에는 형사 4명이 집 주위를 감시해주고 있지 않냐. 게다가 조금 전에 시라이 씨도 말씀하신 것처럼 그 아케치 탐정이 네 일을 맡아주셨다. 틀림없이 어딘가에서 감시를 하고 있을 거야.

　이 엄중한 감시 속에서 아무리 녀석이라 할지라도 네 가까이로 다가올 수는 없을 게다. 아무 것도 걱정할 필요 없다. 그보다 시라이 씨에게 피아노를 쳐달라고 해서 무슨 노래라도 불러보는 게 어떻겠냐?"

　아이자와 씨도 사랑스러운 외동딸을 위해 자신의 두려움은 숨기고 레이코를 격려했다.

　"맞아요, 두려워할 이유는 어디에도 없어요."

　레이코가 애써 미소 지으며 둘을 안심시키기 위해 억지로 힘을 내보았다.

　"그럼, 시라이 씨. 노래를 부를까요?"

　"네, 그게 좋겠습니다. 한껏 노래를 불러서 악마를 깜짝 놀라게 해줍시다."

　경쾌한 마음으로 자리에서 일어난 시라이가 피아노 앞에 앉아 곡을 고르기 시작했다.

　레이코는 걸을 힘도 없을 만큼 마음이 약해져 있었으나 온몸의 힘을 짜내서 일어나 피아노 쪽으로 다가갔다.

　바로 그때.

장지문 전면에 번개처럼 무시무시하고 강한 빛이 번쩍 비췄다. 눈앞이 어두워질 정도의 푸르스름한 빛이었다. 그에 비하자면 방 안의 전등은 등잔불처럼 어둑하게 느껴질 정도였다.

순간적으로는 그 빛이 어디에서 오는 것인지 판단할 수 없었다. 번개가 칠 것 같은 날씨는 아니었으니, 서치라이트를 직접 비추지 않는 한 이처럼 강한 빛이 들어올 리 없었다.

세 사람은 자신도 모르게 자리에서 일어나 대낮처럼 밝은 장지문을 바라보았다.

한가운데 있는 2장의 장지문 가득 무엇인가의 그림자가 새카맣게 어려 있었다. 나무의 그림자일까? 아니, 정원에 그런 나무는 없었다.

그 그림자는 꼭대기가 예각을 그리며 뾰족하게 솟아 있었다. 그 예각의 삼각형 아래에 뭔가 정체를 알 수 없는 울퉁불퉁한 것이 있었다. 그리고 장지문의 아래에 가까운 부근에서 그 그림자는 좌우로 슥 넓어져 있었다.

어딘가 굉장히 커다란 사람의 얼굴 같기도 했다. 폭 2m가 넘는 인간의 얼굴……. 앗, 저 삼각형 모양은 모자 아닐까? 어릿광대의 고깔모자 아닐까?

너무나도 커서 갑자기는 그것이라고 알아보지 못했으나 일단 깨닫고 보니 더는 의심의 여지도 없는 어릿광대의 그림자였다. 어릿광대의 목에서부터 그 위의 그림자였다. 그 그림자가 대낮처럼 밝은 빛 속을 흔들흔들 이쪽으로 다가오고 있는 것처럼 보였다.

"아아아⋯⋯."

더할 나위 없이 슬프고 날카로운 비명이 울려 퍼졌다.

그 비명이 신호라도 되는 양, 푸르스름한 빛이 순간 사라져버리더니 그 괴물의 그림자가 어려 있던 부분이 망막의 잔상현상에 의해서 한동안은 하얀 거인이 되어 장지문 위에 남아 있었다.

아이자와 씨는 다다미 위에 앉아 정신을 잃은 레이코를 끌어안고 있었다. 그리고 무슨 말인가 하려는 듯했으나 입술이 가느다랗게 떨릴 뿐, 목소리가 되어 나오지는 못했다.

시라이는 발부리에 무엇인가 걸려가며 굉장한 기세로 장지문 쪽으로 달려갔다. 그리고 격렬한 소리를 내며 장지문을 열더니 툇마루로 나가 자세를 취했다. 어릿광대와 맞붙을 생각이었던 것이다.

유리창문 밖은 관목이 무성한 정원이었다. 실내의 전등빛이 쏟아지고 있기는 했으나 사물의 모양을 분명하게 구분할 수 있을 정도로 밝지는 않았다.

유리창 너머로 살펴보고 있자니 수풀의 어두운 그림자 속에서 무엇인가가 꿈틀거리고 있는 것처럼 느껴졌다. 어둠 속에서 2개의 눈을 번뜩이며 이쪽을 가만히 엿보는 녀석이 있는 듯했다.

시라이는 용기를 짜내서 유리창문을 열어보았다. 그리고 당장이라도 정원으로 뛰어내리려 자세를 취했는데, 맞은편 정원수에서 바스락바스락 소리가 들리더니 그 어둠 속에서 사람의 그림자를 한 것이 슥 이쪽을 향해서 다가오고 있는 모습이 보였다.

거지 소년

"누구냐! 거기 있는 게 누구냐!"

시라이가 소리치자 상대방이 뜻밖에도 조용한 목소리로 대답했다.

"접니다. 지금 굉장한 빛이 비췄었죠. 놀라서 달려온 겁니다."

다가온 것을 보니 다름 아니라 레이코를 지켜주고 있던 경찰청 형사 가운데 한 명이었다.

"아아, 당신이었습니까? 지금 이 장지문에 녀석의 그림자가 비췄었습니다. 어릿광대의 얼굴이 커다랗게 어려 있었습니다."

"넷, 어릿광대의 얼굴이?"

"그렇습니다. 그래서 녀석, 그 부근 어딘가에 숨어 있는 것이 아닐까 싶어서……."

"그럼, 지금의 빛에 녀석의 그림자가 비췄었단 말인가

요? 빛은 저 부근에서 비쳤는데…….”

형사가 정원수 너머의 산울타리 부근을 가리켰다.

그러자 그것이 마치 신호라도 되는 양, 그 산울타리 바깥쪽에서 심상치 않은 사람의 목소리가 들려왔다.

“이봐, 기다려. 너희들 그런 데서 뭐하고 있는 거야?”

“뭔지는 모르겠지만 이리 잠깐 와봐.”

“이 녀석, 한번 해보겠다는 거야?”

두 형사인 듯한 목소리가 번갈아 외쳤다. 상대는 누구일까? 낮은 목소리로 대답했기에 말의 의미는 알아들을 수 없었다.

그것을 듣고 시라이 앞에 있던 형사도 “잠깐 실례하겠습니다.”라고 말한 뒤, 갑자기 대문 쪽으로 달리기 시작했다. 두 형사를 도와서 수상한 자를 잡기 위해서이리라.

마침내 산울타리 바깥에서 들려오던 사람의 목소리가 점점 멀어지는가 싶더니, 잠시 후 조금 전의 형사가 앞장서서 몇 사람인가의 그림자가 우르르 정원으로 들어왔다. 세 형사에게 둘러싸여 끌려온 수상한 사람은, 거지 같은 차림의 어른과 아이 두 인물이었다.

어른은 낡고 찢어진 중절모자를 눈이 보이지 않을 만큼 깊이 눌러쓰고 지저분한 점퍼에 면바지, 짚신을 신은 누추한 차림, 그 사내의 손에 끌려오고 있는 것은 아직 열네다섯 살쯤의, 너덜너덜 찢어진 줄무늬 면직물로 지은 일본 옷을 입은 거지 소년이었다.

"이 두 놈이 그 빛이 시작된 부근에서 살금살금 뭔가를 하고 있었습니다."

조금 전의 형사가 시라이에게 설명한 뒤, 두 거지에게 호통 치듯 물었다.

"너흰 대체 거기서 무엇을 하고 있었던 거지? 너희, 직업은 있어? 보기에 구걸을 하고 있는 거 같은데 이런 한적한 동네엔 무슨 일로 온 거지?"

"감시를 하고 있었습니다."

룸펜 같은 어른이 낮은 목소리로 대답했다.

"감시라고? 도대체 무슨 감시를 하고 있었다는 거야?"

"어릿광대입니다."

"뭐, 어릿광대? 그럼 너는 여기가 누구 집인지 알고 있다는 말이로군."

"알고 있습니다."

"이봐, 너 대체 누구야? 왜 어릿광대를 감시하고 있었던 거지? 넌 어디 소속이야?"

"아케치입니다."

어딘가 웃음을 참는 듯한 목소리였다.

"뭐, 아케치? 너 설마……."

"그렇습니다. 그 아케치 고고로입니다."

남자가 모자를 벗고 한 걸음 앞으로 나섰다. 방에서 흘러나오는 광선 속으로 풍체에 어울리지 않는 지적인 얼굴이 떠올랐다.

형사들은 앗 하고 외친 채, 말도 없이 멈춰 서버리고 말았다. 그들은 아케치의 얼굴을 잘 알고 있었기 때문이었다.

"아, 아케치, 선생님이셨습니까? 변장을 하실 거라는 말은 들었습니다만, 설마 이런 변장일 줄은 생각지 못했습니다. ……여러분, 아케치 선생님께는 제가 의뢰를 했었습니다."

시라이가 형사들에게 설명했다.

"그렇습니까? 하하하하하, 아케치 씨, 사람이 짓궂으시네요. 그렇게 된 거라고 얼른 말씀을 해주셨으면 이런 실례가 되는 일은 하지 않았을 텐데."

형사들은 아케치가 상관인 효도 수사계장과 친한 친구 사이라는 사실을 잊지 않았다.

"이거 참, 죄송하게 됐습니다. 하지만 여러분 결코 헛다리를 짚은 건 아닙니다. 틀림없이 범인을 잡았으니까요."

아케치가 싱글싱글 웃으며 예의 경쾌한 어조로 말했다.

"넷, 범인이라고요?"

"그렇습니다. 이놈이 범인입니다."

아케치가 손을 잡고 있던 거지 소년을 모두의 앞으로 휙 끌어냈다.

"이 아이가 말입니까? 하지만 조금 전 이 방의 장지문에 비친 건 그 어릿광대의 그림자였다고 합니다만."

"그렇습니다. 그건 저도 밖에서 봤습니다. 녀석은 아직 저기에 있습니다."

"넷, 저기라면?"

아케치의 생각지도 못했던 말에 형사들은 갑자기 활기를 띠었다.

"저 수풀 속입니다."

아케치가 정원수 속을 가리켰다.

"저기에 어릿광대 녀석이 숨어 있다는 말입니까?"

형사가 목소리를 낮추었다.

"그렇습니다. 제가 여기로 데려올 테니, 이 아이를 잠깐 맡아주시기 바랍니다. 달아나지 못하도록."

아케치가 평소와 다름없는 커다란 목소리로 말하고 거지 소년을 형사 한 명에게 넘겨준 뒤, 성큼성큼 정원수 속으로 헤치고 들어갔다.

그 어둠 속에서 뭔가 바스락거리는 소리가 들리더니 마침내 손에 묘한 형태의 물건을 든 아케치가 원래 있던 툇마루 옆으로 돌아왔다.

"이겁니다. 하하하하하, 조금 전 그림자의 정체는 이 장난감입니다."

살펴보니 길이 15㎝ 정도의 가느다란 판자 한쪽 끝에 두꺼운 종이를 오려 만든 어릿광대의 얼굴이 붙어 있었다. 판자의 다른 한쪽 끝에는 철사가 묶여 있고 그 끝에 뭔가 하얀 재 같은 것이 매달려 있었다.

"이 철사 끝에 마그네슘 선이 연결되어 있었습니다. 그 마그네슘에 불을 붙였기에 그런 강한 빛이 났던 겁니다. 그리고 이 종이를 오려서 만든 어릿광대의 그림자를 비치게 한 겁니다."

"그 판자가 나뭇가지나 그런데 묶여 있었던 거로군요."

시라이가 어처구니없다는 듯 말했다.

"그렇습니다."

"그럼, 이 마그네슘에 누군가가 불을 붙였다는 말이로군요."

"네, 그 불을 붙인 범인이 바로 이 꼬맹이입니다. 저는 보시는 것과 같은 변장을 하고 이 집 주위를 여기저기 돌아다니며 감시하고 있었는데, 조금 전의 빛을 보고 저쪽 산울타리 바깥으로 다가갔더니 이 꼬맹이가 산울타리 틈으로 기어나오는 것이 보였습니다. 얼른 잡아다 누구의 부탁으로 한 일이냐고 물으려 한 순간, 이번에는 반대로 제가 여러분께 붙잡히게 된 것입니다."

"그렇습니까? 그것으로 어떻게 된 일인지 잘 알았습니다. 그럼 아케치 씨, 이 꼬맹이의 취조는 당신에게 맡기겠습니다."

사과의 마음을 담아 형사가 사립탐정의 체면을 세워주려

했다.

"그럼, 제가 물어보겠습니다. 이봐, 꼬맹이, 이리 좀 와봐. 거짓말하면 혼날 줄 알아. 사실을 말하면 선물을 주기로 하지. 자, 이거야. 아저씨가 묻는 말에 솔직하게 대답하면 이걸 네게 줄게."

아케치가 바지 주머니에서 100엔 지폐 2장을 꺼내 보이며,

"너, 누구에게 부탁을 받아 여기에 불을 붙인 거지?"

"샌드위치맨 아저씨야."

꼬맹이가 의외로 순순히 대답했다.

"어디의 샌드위치맨이지? 전에부터 알던 사람이야?"

"아니, 모르는 아저씨였어. 길에서 만났어. 요 너머의 길 모퉁이에서 만났어."

"정말이야? 그 샌드위치맨은 그때 처음 본 거야? 거짓말 하면 경찰서로 끌고 갈 거야."

"거짓말 아니야. 모르는 아저씨는 모르는 아저씨야."

꼬맹이가 반항적인 눈빛으로 아케치를 노려보며 외쳤다.

"그래, 알았어. 그래서 이 정원에 이런 장치가 있으니 몰래 들어가서 불을 붙이고 오라는 부탁을 받은 거지?"

"응, 나쁜 짓을 하려는 게 아니고 잠깐 장난을 쳐보는 거라고 했어. 나도 그렇게 생각하고 있어. 경찰에 끌려갈 리 없지."

꽤나 넉살 좋은 꼬맹이였다.

"돈을 받았지?"

"응, 수고비를 받지 않고서는 이런 일을 할 리 없지."

꼬맹이가 이렇게 말하며 허리띠 사이에서 100엔 지폐를 1장 꺼내 보였다.

이어 옆에 있던 형사도 가세하여 여러 가지로 물어보았으나 그 이상의 것은 무엇도 알아내지 못했다.

"됐어. 그럼 약속대로 이걸 줄게. 곧 돌려보내줄 테니 잠깐 기다리고 있어."

아케치는 100엔짜리 지폐 2장을 꼬맹이에게 건네주고 형사들을 조금 떨어진 곳으로 불러 소곤소곤 무엇인가 상의를 한 뒤, 그것이 끝나자 꼬맹이를 형사에게 맡기고 툇마루 부근에 있는 시라이를 바라보았다.

"시라이 씨, 전화를 잠깐 빌리고 싶은데요."

"네, 그럼 여기로 해서 안으로 들어가세요. 제가 안내하겠습니다."

아케치가 짚신을 벗고 툇마루 위로 올라섰다. 툇마루를 따라 전화실로 들어가 잠시 어딘가로 전화를 걸더니, 다시 툇마루로 나와 거기서 기다리고 있던 시라이에게 말을 걸었다.

"아이자와 씨는?"

"레이코 씨는 조금 전의 그림자를 보고 정신을 잃을 만큼 놀랐었으나, 이제는 완전히 안정을 되찾았습니다. 당신을 뵙고 싶어 합니다. 이쪽으로 와주셨으면 합니다."

그렇게 해서 아케치는 지저분한 룸펜의 복장을 한 채 레이코의 방으로 안내되었다.

레이코는 아버지의 보살핌으로 안정을 되찾았는데, 조금 전의 그림자가 간단한 속임수와 같은 장난이었다는 말을 듣고 약간 기운을 회복해서 의자에 앉아 있었으나, 그 얼굴은 환자처럼 창백해져 있었다.

시라이의 소개로 인사가 끝나자 아케치는 바로 레이코의 아버지인 아이자와 씨에게 하녀를 여기로 불러달라고 부탁했다.

아이자와 씨는 이 기묘한 요청에 당황한 듯했으나 특별히 되묻지도 않고 직접 밖으로 나가서 하녀를 데리고 왔다. 이제 막 스무 살을 넘은 것처럼 보이는 어린 하녀였다.

"바로 물어보겠는데, 조금 전의 소동이 벌어졌을 때 당신은 어디에 있었나요?"

아케치가 아무런 설명도 없이 질문부터 시작했다.

"그게, 부엌에 있었는데 사람들의 목소리가 들려오기에 무슨 일인가 싶어 건너편 방을 통해서 툇마루로 나가보았습니다."

"그럼, 그 그림자도 보았나요?"

"네, 봤어요."

"그런 다음 어떻게 했나요?"

"깜짝 놀라 그 자리에 서 있었는데 나리께서 부르시는 소리가 들렸어요. 그래서 이 방에 와봤더니 아가씨께 큰일이 났기에 나리와 함께 아가씨를 보살펴드렸어요."

"그렇다면 그 사이에 부엌은 계속 비어 있었던 셈이로군요."

"네, 그렇습니다."

아이자와 씨가 고용한 사람은 그 하녀 외에 서생이 한 명 더 있었으나, 서생의 방은 부엌에서 멀리 떨어져 있는 현관 옆에 있었다.

"부엌에 뭔가 레이코 씨만 드시는 음식물이나 음료 같은 게 놓여 있지 않나요?"

아케치가 다시 한 번 묘한 질문을 했다.

"글쎄요, 특별히 아가씨만 드시는 것이라고는……."

눈동자를 위로 굴리며 잠시 생각해보던 하녀가 마침내 떠올랐다는 듯 대답했다.

"아아, 있습니다. 포도주가 있습니다. 나리께서는 포도주를 드시지 않으시니……."

"건강을 위해서 마시는 거예요."

레이코가 변명하듯 덧붙였다.

"그럼, 그걸 병째 가지고 와주세요."

아케치는 더더욱 알 수 없는 말을 하더니 하녀가 부엌에서 가져온 병을 받아서는 뚜껑을 열고 잠깐 냄새를 맡아본 뒤, 다시 뚜껑을 닫고 그대로 의자 옆에 놓았다.

"이건 제가 가져가서 살펴보도록 하겠습니다."

"독이 들었나요?"

시라이가 마침내 깨달았다는 듯 긴장한 얼굴로 물었다.

"그렇습니다. 어쩌면 제가 잘못 생각한 걸지도 모르겠습니다만, 만일의 경우를 생각해서 혹시 모르니 조사를 해보겠습니다.

녀석은 마그네슘의 빛으로 묘한 그림자를 만들어 보였는데, 지금까지의 녀석으로 봐서 그저 레이코 씨에게 겁을 주기 위해 그런 짓을 한 것이라고도 생각해볼 수는 있습니다. 그러나 달리 생각해보면, 그 어린아이의 장난과도 같은 속임수 뒤에는 훨씬 더 끔찍한 음모가 숨겨져 있을지도 모를 일입니다.

그런 터무니없는 장난을 치면 집안사람 모두가 이 방으로 모일 거고, 정원을 살펴보기도 할 겁니다. 또 형사들도 다른 곳은 내버려둔 채, 정원으로 모여들 것이 뻔합니다. 그러면 뒷문 쪽은 텅 비어버리게 됩니다. 부엌도 텅 비어버리게 됩니다.

녀석은 엄중한 경계에 그런 빈틈이 생길 것을 예상하고 그런 장난을 친 것일지도 모릅니다. 그렇다면 아무도 없는 뒷문을 통해서 부엌으로 들어와 레이코 씨의 입에 들어갈 무엇인가의 속에 독약을 넣었을지도 모른다는 가정도 해볼 수 있게 됩니다.

그런 감쪽같은 짓은 아무나 쉽게 할 수 있는 것이 아닙니다만, 그 어릿광대는 특별한 녀석이니까요. 미치광이니까요. 저희도 모든 가능한 경우를 생각해서 조심하지 않으면 안 됩니다.

이 포도주는 제가 가져가서 조사를 해보겠습니다만, 오늘밤 부엌에 남아 있던 재료는 가능한 한 사용하지 않는 편이 안전할 듯합니다."

이 말을 들은 레이코는 물론 아이자와 씨와 시라이도 섬뜩함이 느껴진 듯 서로의 얼굴을 마주보았다.

"어머, 무서워라! 시라이 씨, 저 어떻게 해야 하는 거죠?"

레이코는 널따란 세상에 몸을 숨길 곳도 없는 것 같은, 끝을 알 수 없는 공포에 기력을 잃고 말았다.

"아니, 그렇게 걱정하실 것 없습니다. 상대가 마법사라면 저희도 마법사가 되면 그만입니다. 상대가 미치광이라면 저희도 미치광이의 마음을 상상해서 대비하면 됩니다. 저도 오늘 밤에는 마법을 좀 써볼 생각입니다. 하하하하하."

"네, 마법이라고요?"

시라이가 깜짝 놀랐다는 듯 되물었다.

"네, 그저 잔재주에 불과한 마법입니다만. 곧 그 마법사의 목소리가 들려올 겁니다. 저는 지금 그것을 기다리고 있습니다."

　그로부터 한동안, 겁먹은 레이코를 달래주기 위해서 아케치와 시라이는 쾌활한 잡담을 주고받았는데, 레이코가 무슨 소리를 들었는지 갑자기 허공을 바라보며 중얼거렸다.

　"저건 뭘까요? 낯선 멜로디에요. 어딘가 스산하고 몸에 소름이 돋을 것 같은……."

　어디에선가 휘파람 소리가 희미하게 들려왔다. 전문가인 레이코와 시라이도 들어본 적이 없는 이상한 선율을 불고 있었다.

　그러자 아케치가 빙그레 웃으며 말했다.

　"저게 마법사의 목소리입니다."

　"네, 저게?" 겁을 먹은 레이코가 아케치의 얼굴을 보았다.

　"아니, 걱정하실 것 없습니다. 저 마법사는 제 부하이니. 시라이 씨, 하녀에게 말해서 형사님을 여기로 좀 와달라고 해주실 수 없겠습니까?"

　"아니, 그 일이라면 제가 불러오겠습니다."

　시라이가 흔쾌한 마음으로 일어나 현관 쪽으로 갔다가 곧 형사 한 명을 데리고 돌아왔다.

　"아, 여기까지 오시게 해서 죄송합니다. 그럼 조금 전에 말씀드렸던 대로 그 거지 아이를 대문으로 해서 돌려보내주시기 바랍니다."

　아케치가 말하자 형사는 고개를 끄덕이고,

"그럼 밖에 벌써 와 있는 건가요?"

라고 영문을 알 수 없는 질문을 했다.

"네, 와 있습니다. 이젠 괜찮으니 놓아주시기 바랍니다."

형사가 알겠다고 말하고 밖으로 나가자, 아케치가 묘한 미소를 지으며 수수께끼 같은 말을 했다.

"아이자와 씨, 이번 마법이 생각대로 잘 풀리면 당신은 연주회에 다시 나설 수 있게 될 겁니다. 더는 단검이 날아올까 걱정하지 않으셔도 될 테니."

악마의 집

석방된 거지 소년은 아이자와 씨의 집 대문을 훌쩍 나섰다.

11시를 넘은 주택가는 무덤가처럼 고요했다. 소년은 그 어두운 길 위에 서서 두리번두리번 주위를 둘러보다 마침내 무엇인가 마음을 정한 듯, 급한 걸음으로 걷기 시작했다.

거지 소년이 아이자와 씨의 집 대문에서 20m쯤 멀어졌을 때, 산울타리 그늘에서 사람 그림자 하나가 나타나 같은 방향으로 걸어갔다. 그도 거지와 같은 초라한 복장의 소년이었다. 앞선 소년보다 한두 살쯤 많을까? 그는 일본 옷이 아니라 찢어진 셔츠에 찢어진 반바지, 맨발에 짚신을 신은 차림새였다.

앞선 거지 소년의 친구가 기다리고 있었던 것일까? 그렇다면 앞선 아이에게 달려가 말을 걸었을 테지만 나이 많은 거지 소년은 앞의 아이를 따라잡을 생각이 전혀 없는 듯했다. 오히려 앞의 아이에게 들키지 않도록 조심하며 적당한 거리를 두고 걷고 있는 듯 보였다.

그 나이 많은 거지 소년은 진짜 거지가 아니었다. 그는 아케치 탐정의 유능한 조수로 유명한 고바야시 소년이었다.

조금 전에 아케치가 전화를 건 곳은 자신의 사무소였다. 거기에 있는 고바야시 조수와 통화를 해서, 거지 분장을 하고 아이자와 씨 집의 문 앞에서 기다리고 있다가 대문으로 나오는 거지 소년을 미행하라고 명령했던 것이다. 조금 전, 레이코가 이상하게 여겼던 휘파람의 주인공이 다름 아닌 이 고바야시 소년이었던 것이다.

그런 줄도 모르고 거지 아이는 한적한 거리의 모퉁이를 오른쪽으로 돌기도 하고 왼쪽으로 돌기도 하며 뒤도 돌아보지 않고 서둘러 걸어갔다. 고바야시 소년은 편안하게 미행을 계속할 수 있었다.

한 1㎞쯤 걸었을까 싶었을 때, 한 어두운 모퉁이를 돌아들자 아니나 다를까 그 어둠 속에 이상한 모습의 샌드위치맨이 혼자 서 있었다. 오가는 사람도 없는 한적한 거리에 빨간 옷을 입고 고깔모자를 쓰고 큰북을 끌어안은 채 서 있는 어릿광대의 모습은 어딘가 묘한 악몽 속의 풍경 같았다.

"그래, 계획대로 됐나?"

거지 소년이 다가가자 샌드위치맨이 낮은 목소리로 물었다.

"응, 그림자가 제대로 만들어졌어."

소년도 속삭이는 목소리로 대답했다.

"그런데 왜 이렇게 늦은 거지?"

"잡혔었어."

"후후후, 내 그럴 줄 알았지. 아케치라는 녀석 아니었어?"

"맞아. 아케치라고 했었어. 룸펜 같은 차림을 하고 내가 나무 사이에서 나오는 걸 붙들었어."

그리고 소년은 그 후의 일들에 대해서 자세히 이야기했다.

"그래, 잘했다. 하하하하, 꼴좋군. 아케치 선생, 기껏 노력해서 잡아들였더니 장난감 그림자와 거지 아이였기에 실망했겠지. 자, 약속한 수고비다. 소중히 쓰도록 해라."

샌드위치맨은 이렇게 말하고 지폐 1장을 꼬맹이에게 건네주더니 그대로 헤어져 뒤도 돌아보지 않고 걷기 시작했다. 거지 소년은 아마도 임시로 고용했던 것이리라.

조심스럽게 몸을 숨긴 채 그 모습을 전부 지켜보고 있던 고바야시 소년은, 이번에는 샌드위치맨의 뒤를 밟기 시작했다. 그것도 아케치 탐정으로부터 미리 명령을 받은 일이었다.

어릿광대는 고깔모자를 흔들며 심야의 거리를 외진 쪽으로 외진 쪽으로 걸어갔다. 아자부 구는 오랫동안 커다란 화재가 없었고 예로부터 커다란 저택이 많았기에, 어느 길이나 매우 고풍스러워서 어딘가 도쿄의 진보에서 뒤떨어진 듯한 느낌이었다. 신사도 예전의 숲이 그대로 남아 있는 신사가 있고, 생각지도 못했던 장소의 아까운 땅이다 싶은 곳에 풀이 무성하게 자란 널따란 공터가 자리하고 있기도 했다.

지금, 어릿광대가 가는 쪽에는 그런 폐허와도 같은 공터가 하나 펼쳐져 있었다. 깊은 어둠이었다. 공터를 둘러싸고 집들이 서 있기는 했으나 비어버린 작은 공장이나 더는 사람이 살 수 없어 허물어버릴 수밖에 없을 듯한 셋집 등이 처마가 일그러진 채 서 있을 뿐, 불빛이 새어나오는 창도 없어서 마치 교외로 나선 듯 한없이 외진 느낌이었다.

어릿광대는 그 공터를 가로질러 한 빈집 앞에 서서 조심스럽게 주위를 둘러보다가, 아무도 보는 사람이 없다고 생각한 것인지 그대로 무너진 담장의 문짝도 달리지 않은 대문 안으로 들어갔다.

교묘하게 몸을 숨겨 그 모습을 지켜보고 있던 고바야시 소년은 어릿광대가 그 집의 현관문을 삐걱거리며 안으로 들어선 것을 확인하고 숨어 있던 곳에서 뛰어나와 가만히 대문 안으로 숨어들었다.

그것은 4칸이나 5칸쯤 되는 단층집으로 심하게 허물어져 있었는데, 발소리를 죽여 그 집 주위를 돌아보며 집 안의 소리에 귀를 기울이고 있자니 한동안 달그락달그락 무엇인가 하고 있는 모양이었으나 곧 그 소리도 그쳐 쥐 죽은 듯 조용해져버리고 말았다.

"잠들어버린 건가. 녀석, 이런 빈집에 숨어 있었군. 됐어, 지금 당장 근처에 있는 공중전화로 가서 이 사실을 아케치 선생님께 보고해야겠군. 이제는 놓칠 리 없을 거야."

고바야시 소년은 그대로 대문을 나서 공터를 가로지르더니 부근의 번화한 거리를 향해 곧바로 달려갔다.

자취를 감춘 어릿광대

고바야시 소년은 어릿광대가 숨어 있는 집을 확인하자 급히 서둘러 부근의 공중전화로 달려가 아이자와 레이코의 집으로 전화를 걸었다. 아케치 탐정이 아직 거기에 있다는 사실을 알고 있었기 때문이었다.

"아, 선생님이십니까? 녀석의 뒤를 밟아서 드디어 은신처를 찾았습니다."

전화 너머로 아케치가 나오자 고바야시 소년이 억누를 수 없이 흥분된 목소리로 떨며 외쳤다.

"그래, 찾았다고? 거기가 어디지? 지금 네가 있는 곳이 어디야?"

아케치의 목소리가 펄쩍 뛰어들듯 뒤따라왔다.

"아자부 구의 K동에 있는 빈집입니다. 황폐해진 작은 빈집 안으로 들어가 버렸습니다. 전 지금 그 근처의 공중전화에서 걸고 있는 겁니다."

소년은 샌드위치맨 차림의 수상한 사람을 발견하여 그 뒤를 미행한 일을 간략하게 보고했다.

"그랬군. 커다란 공을 세웠어. 알았어, 우리도 바로 그곳으로 향할 테니, 너는 그 빈집을 잘 감시하고 있어줘. 상대방이 눈치 채지 못하도록."

"네, 알겠습니다. 그럼 빈집의 대문이 있는 곳에서 기다리겠습니다."

그리고 거기까지 오는 길을 자세히 알려준 뒤 전화를 끊고 급히 서둘러 원래의 빈집으로 돌아갔다.

깨진 판자 벽, 부서진 대문, 그 열려 있는 문 안으로 조용히 숨어들어가 빈집의 옆쪽으로 돌아드니 정원 가운데 한 곳이 희미하게 밝아져 있었다. 전등이 아니라 촛불인 듯, 음산한 적갈색으로 가물가물 깜박였다. 아무래도 그쪽에 창문이 있고, 그 창문을 통해서 정원으로 빛이 흘러나오고 있는 것인 듯했다.

고바야시 소년은 조심하며 살금살금 그 빛 쪽으로 다가갔는데, 조금 가다가 깜짝 놀란 것처럼 자리에 멈춰 서 버리고 말았다.

거기에는 창문 하나가 있고 간유리를 끼운 문이 닫혀 있었는데, 그 간유리 위에 예의 고깔모자를 쓴 어릿광대의 그림자가 괴물처럼 커다랗게 어려 있었다.

지켜보고 있자니 그 그림자가 흔들흔들 흔들리며 점점

커져서 결국에는 얼굴 부분만 유리창 가득 어렸다가, 곧 유리창 전체가 그림자로 덮여버렸다. 어릿광대가 촛불을 들고 맞은편으로 멀어져간 것인 듯했다.

폐가였기에 유리창도 곳곳이 깨져 구멍이 뚫려 있었다. 고바야시 소년은 상대방이 방 맞은편으로 멀어져간 것을 확인하자, 과감하게 그 유리창 곁으로 다가가 유리가 깨진 틈으로 가만히 안을 들여다보았다.

그러자 1칸 건너에 있는 방의 구석에 그 어릿광대가 덮개도 씌우지 않은 촛불을 손에 들고 서 있는 모습이 뚜렷하게 보였다.

마침 이쪽을 향해 있었기에 벽처럼 분을 바른 하얀 얼굴이 촛불을 바로 아래서부터 받아 히죽히죽 웃고 있는 것처럼 보였다. 새빨간 색으로 두툼하게 바른 입술이 피에 젖은 것처럼 번쩍번쩍 빛났다.

'저 녀석, 혹시 내가 엿보고 있다는 사실을 다 알고 있는 것 아닐까?'

이런 생각이 들자 오싹해서 숨이 다 멎을 것만 같았다.

하지만 이쪽은 어둡고 유리의 구멍은 작으니 설마 눈치를 챘을 리 없을 거야. 히죽히죽 웃고 있는 것처럼 보이는 것은 화장 때문이야. 그리고 촛불이 가물가물 움직이고 있기 때문이야.

고바야시 소년이 두려움으로 떠는 마음에 이렇게 말하며

그래도 여전히 끈기 있게 들여다보고 있자니 어릿광대가 그대로 방 한쪽으로 걸어간 모습이 보이지 않게 되었다. 이쪽 방과의 사이에 있는 벽이 시야를 가려 보이지 않게 된 것이었다.

그저 가물가물 흔들리는 촛불만이 한동안 정면의 부서진 장지문을 비추고 있다가 잠시 후 벽장문을 여는 듯한 소리가 들리고 그것이 탁 닫혀버리자 순간 눈앞이 새카만 어둠으로 변해버렸다. 어릿광대는 이곳에서 보이지 않는 다른 방으로 들어가버린 것이었다.

한동안 가만히 귀를 기울여보았으나 그대로 잠잠해져 아무런 소리도 들려오지 않았다. 어릿광대 녀석, 지금쯤은 변장을 풀고 이불 속으로 들어간 걸지도 모르겠군.

그렇다면 녀석이 어딘가로 달아날 생각은 없는 것이라고 판단한 고바야시 소년은 아케치 탐정 일행을 기다리기 위해서 대문 밖으로 나가 거기서 주의 깊게 집 주변을 감시하고 있었다.

잠시 후, 눈앞의 널따란 어둠 속으로 거뭇한 사람의 그림자가 하나, 둘, 셋, 발소리도 없이 이쪽으로 다가오고 있는 것이 보였다.

고바야시 소년은 이야기소리가 집 안에 들려서는 안 된다고 생각했기에 자신이 공터 한가운데로 마중을 나가 앞장선 검은 그림자에게,

"선생님이십니까?"

라고 가만히 속삭였다.

"응, 녀석은 아직 집 안에 있겠지?"

아케치도 속삭이는 듯한 목소리로 되물었다.

"네, 있습니다. 조금 전에 창문 틈으로 녀석의 모습을 보았습니다."

"좋았어. 그렇다면 앞뒤 양쪽에서 들어가기로 하자. 형사 4분도 함께 오셨어. 그러니까 우리는 너까지 합쳐서 6명이야. 상대방은 혼자이니 이 정도 사람이면 설마 놓칠 리는 없겠지."

그런 다음 아케치는 형사 4명과 소곤소곤 무엇인가 속삭임을 주고받았는데, 마침내 각자의 위치가 정해진 듯 네 형사들이 민첩하게 네 방향으로 흩어져 어둠 속으로 모습을 감추었다.

"자, 고바야시 군, 우리 둘이서 빈집 안으로 들어가는 거야. 형사들께서는 혹시 녀석이 눈치를 채고 달아나도 놓치는 일이 없도록 창문과 뒷문 등 빈집의 사방을 지키고 있을 거야. 우리가 녀석을 발견하면 호각을 불기로 했어. 그러면 4사람이 집 안으로 달려 들어오기로 약속을 해두었어."

아케치가 이런 말을 속삭인 뒤, 고바야시 소년을 데리고 문 안으로 숨어들었다.

소리를 듣고 상대방이 눈치를 채서는 안 되기에 현관으로는 들어갈 수 없었다. 두 사람은 조금 전에 고바야시 소년이 엿보았던 창문을 향해 나아갔다.

창문 밖에 다다르자 아케치가 유리창 틈새에 눈을 대고 들여다보았으나 안은 새카만 어둠에 아무런 소리도 들리지 않았다.

녀석은 역시 잠든 것일지도 몰랐다.

아케치가 깨진 유리 틈으로 손을 넣어 유리창의 잠금장치를 찾아보았으나 폐가가 되어 그런 잠금장치도 없는 듯, 문을 마음대로 열 수 있다는 사실을 알게 되었다.

이에 몸짓으로 고바야시 소년에게 신호를 주어 둘이서 그 유리문을 살금살금 열기 시작했다. 매우 조심스럽게 어떤 소리도 나지 않도록 조금씩 조금씩, 마치 벌레가 기어오르는 것 같은 속도로 오랜 시간에 걸쳐서 간신히 60㎝ 정도 유리문을 열었다.

새카만 어둠에 잠겨 있는 데다가 아무도 보는 사람이 없었기에 망정이지, 그것은 참으로 이상한 광경이었다. 아케치는 예의 룸펜으로 변장한 모습 그대로 아이자와 씨의 집에서 달려왔으며, 고바야시는 고바야시대로 거지 소년 분장이었다. 그들이야말로 빈집털이에 어울리는 모습이었다.

아케치를 선두로 두 사람은 짚신을 벗고 그 창을 통해 방 안으로 들어갔다. 눈이 벌써 어둠에 익었기에 불이 없어도 무엇인가에 부딪칠 정도는 아니었다.

전체가 5칸 정도의 좁은 집이었기에 살펴보는 것도 어렵지 않은 일이었다. 아케치는 손전등을 가지고 있었으나 그것을 켤 수는 없었다. 어둠에 익은 눈으로 구석구석 신경을 써가며 방에서 방으로 더듬어 나갔다.

그러나 신기하게도 인간의 모습인 듯한 것은 어디에도 없었다. 각 방에는 그저 곰팡이 냄새만 맴돌고 있을 뿐, 사람의 흔적이라고는 조금도 느껴지지 않았다.

아케치는 어둠 속에 우두커니 서서 한동안 생각에 잠겨 있다가 마침내 마음을 정한 듯, 손전등을 켜고 대담하게 방들을 돌아다녔다. 벽장도 전부 열어보았으며 부엌의 마룻바닥 아래까지 들여다보았으나 사람은 물론 침구나 옷이나 식료품 등과 같은 것도 무엇 하나 발견되지 않았다.

만약 어릿광대가 이 빈집에 머물고 있는 것이라면 이처럼 아무것도 없다는 것은 이상한 일이었다. 하지만 이 집은 단독주택이니 지하도라도 존재하지 않는 한 여기로 들어와서 다른 집으로 모습을 감춘다는 것은 불가능한 일이었다.

"이상한데요. 녀석이 여기에 있는 걸 제가 똑똑히 봤습니다. 제가 대문 쪽으로 가 있는 동안 뒷문으로 달아난 걸지도 모르겠습니다만, 그렇다면 녀석이 이 집에 무엇을 하러 왔던 건지 그 이유를 알 수 없습니다."

고바야시 소년이 아무도 없다는 사실을 알았기에 평소의 목소리로 변명하듯 말했다.

"어쨌든 모두를 여기로 불러야겠다. 그런 다음 좀 더 자세히 살펴보기로 하자. 설령 녀석이 달아난 뒤라 할지라도 뭔가 단서가 남아 있을 테니."

　아케치는 이렇게 말하고 처음 들어왔던 창 옆으로 가서 준비해온 호각을 두어 번 불었다.

괴이한 다락방

    잠시 후 모여든 형사 4명과 함께 이번에는 대대적으로 집 안을 수색하기 시작했다. 덧문을 모두 열고 장지문은 전부 떼어내, 무엇 하나 시야를 방해하는 것이 없도록 해놓은 뒤, 몇 개의 손전등이 집 안 곳곳을 비추며 돌아다녔다.

    어떤 사람은 좁은 정원을 살펴보고, 어떤 사람은 마루 아래를 들여다보고, 어디 한 곳 남기지 않고 수색했으나 결국은 단서가 될 만한 것조차 발견하지 못했다.

    이제는 천장 위쪽만이 남아 있을 뿐이었다. 한 벽장 안으로 머리를 넣어 손전등으로 그 천장을 비춰보던 아케치가 무엇을 발견했는지 곁에 있던 한 형사를 손짓으로 불러 속삭였다.

    "보세요, 이 천장의 판자는 아무래도 이상합니다. 평범한 천장이 아니라 덧문과 같은 것으로 위에서부터 막아놓은 것 같다는 느낌이 듭니다. 게다가 이 벽장에는 선반이 없는 것도 이상합니다."

"그렇군요. 역시 덧문인 듯합니다. 아아, 그러고 보니 마침 툇마루의 덧문 하나가 비어 있었습니다. 조금 전에 덧문을 열 때 저도 이상하다고 생각했었습니다."

형사가 벽장 안을 들여다보며 바로 그 사실이 떠오른 듯 대답했다.

"아, 저길 보세요. 이 벽장 속에는 원래 계단이 달려 있었어요. 저기, 저쪽 벽에 대각선으로 희미하게 자국이 남아 있어요."

그 벽은 위에 바른 흙이 거의 벗겨져 있었기에 자세히 보지 않으면 알 수 없었으나, 역시 계단이라도 걸려 있었던 듯한 자국이 대각선으로 나 있었다.

"흠, 그렇다면 이 위에 다락방이 있는 거로군. 밖에서 봤을 때는 평범한 단층집이기에 지금까지 눈치 채지 못했지만, 시골에서 흔히 볼 수 있는 것처럼 이 위에 물건을 올려놓는 방이 있는 겁니다."

두 사람은 무의식적으로 얼굴을 마주보고 귀를 기울였다. 어릿광대가 그 다락방에 숨어 있는 것 아닐까? 아래에서의 소란을 들으며, 달아나고 싶어도 달아나지 못하고 숨을 죽인 채, 다락방의 어둠에 몸을 숨기고 있는 것 아닐까?

"하지만 계단이 없으면 올라갈 수 없을 텐데……."

형사가 고개를 갸웃거렸다.

"원래 여기에 달려 있던 계단은 상당히 큰 것이었던 듯하지만 지금은 뜯어내 없는 거겠지요. 녀석은 그 대신 소형 사다리를 쓰고 있는 걸지도 모릅니다. 다락방에 올라간 뒤에 그 사다리를 위로 끌어올려 숨길 수도 있으니까요."

　"아아, 그렇군요. 그리고 그 통로를 덧문으로 덮어놓은 거로군요."

　두 사람은 다시 얼굴을 마주본 채 한동안 말이 없었다.

　더 이상 의심의 여지가 없었다. 녀석은 위에 있는 것이리라. 숨을 죽인 채 사람들이 떠나가기를 기다리고 있는 것이리라. 그야 어찌 됐든 참으로 훌륭한 은신처였다. 아래는 텅 비어버린 집이었다. 그 빈집의 천장 위에 사람이 살고 있으리라고 누가 상상이나 할 수 있겠는가?

　형사는 서둘러 그곳에서 나와 아직 수색을 계속하고 있던 다른 형사들을 불러왔다. 벽장의 문을 떼어냈다. 그리고 손전등 3개의 빛이 천장의 덧문에 집중되었다.

　아케치가 어디에선가 막대기를 가져와 그 환하게 밝혀진 천장을 힘껏 밀었다. 그러자 천장 대신 덮여 있던 덧문이 요란한 소리를 내며 비스듬하게 아래로 떨어졌다. 거기에는 다다미 1첩 정도의 시커먼 구멍이 음산하게 입을 벌리고 있었다.

　"이봐, 그 위에 있는 녀석, 그만 포기하고 내려오는 게 어떻겠어? 아니면 우리가 거기로 올라갈까?"

한 형사가 천정의 구멍을 향해서 커다란 목소리로 외쳤다. 그러나 대답은 없었다. 어릿광대는 그 위에 있는 건지 없는 건지. 고요하기만 할 뿐, 아무런 소리도 들려오지 않았다.

사람들은 벽장 앞에 늘어서서 말없이 천장의 모습을 엿보았다.

그러자 어딘가에서 지금의 목소리에 응하는 소리가 들려왔다. 뭔가 짐승이 신음하는 듯한 희미한 목소리였다.

사람들은 서로의 눈을 바라보며 한층 더 귀를 기울였다. 그것은 틀림없이 신음하는 듯한 소리였다. 게다가 지금 당장이라도 끊어질 것처럼 가느다랗고 슬픈 신음소리였다.

다락방의 어둠 속에 정체를 알 수 없는 생물이 상처를 입고 쓰러져 신음하며 괴로워하고 있는 듯한 느낌이었다. 그 생물은 대체 어떤 모습을 하고 있으며, 어떤 얼굴로 신음하고 있는 것일까 생각하자 소름이 돋았다.

"거기 있는 게 누구냐! 당장 내려오지 못하겠어!"

이번에도 형사 가운데 한 명이 위협하듯 외쳤다.

그러나 신음소리는 변하지 않았다. 희미하게 희미하게, 참으로 슬프다는 듯 끊어질 것 같다가도 이어졌다.

"누가 가서 사다리를 가져와."

나이 많은 형사가 외치자 2명이 집 밖으로 달려 나갔다가 곧 부근의 집에서 사다리를 빌려가지고 왔다.

벽장 속 천장의 어둡고 네모난 구멍에 그 사다리가 걸리자 우선 아케치가 한 손에 손전등을 들고 그것을 조용히 오르기 시작했다.

그 위의 어둠 속에서는 예의 살인귀가 궁지에 몰린 짐승의 눈을 시뻘겋게 뜨고 기다리고 있지 않은가? 게다가 혹시 총이라도 가지고 있어서 사다리를 오르는 사람을 겨냥하고 있다면 그야말로 위험천만, 아케치는 너무나도 무모한 행동을 하고 있는 것 아닐까?

고바야시 소년은 불안해서 견딜 수가 없었다. 선생의 발을 붙잡고 매달려 말리고 싶을 정도였다. 그는 사다리 아래에 버티고 서서 가만히 천장을 바라본 채 새파랗게 질린 얼굴로 거친 숨을 쉬며 걱정했다.

그러나 아케치는 뭔가 자신이 있는 사람처럼 거침없이 사다리를 끝까지 올라 벌써 지붕 아래로 상반신을 드러냈다. 그리고 조심스러운 동작으로 방심하지 않고 손전등의 빛을 비췄으나 예상과는 달리 특별히 공격해오는 사람도 없었으며 권총의 총알도 날아오지 않았다.

그는 차분하기 짝이 없는 동작으로 전등의 빛을 다락방 구석에서 구석으로 천천히 이동시켰다. 그러자 사다리가 있는 곳과 가장 먼 쪽의 구석에서 무엇인가 허연 것이 꿈틀거리고 있는 모습이 불빛에 들어왔다.

손전등의 둥근 빛이 그 허연 것 위에서 움직임을 멈췄다.

그것은 그 섬뜩한 어릿광대일까? 아니, 그렇지 않았다.
그렇다면 뭔가 기분 나쁜 짐승일까? 아니, 그것도 아니었다.
　　그것은 참으로 뜻밖에도 알몸에 가까운 모습으로 판자를
깔아놓은 바닥 위에 엎드려 쓰러져 있는 한 여인이었다. 손
전등의 둥근 빛 속에서 그 봉긋한 하얀 등이 괴로움에 떨고
있었다. 검고 긴 머리가 풀어져 헝클어졌으며, 숙인 얼굴을
완전히 감추고 있었다. 2개의 하얀 팔이 괴로움에 검은 머리
카락이 늘어진 양쪽의 바닥을 쥐어뜯고 있었다.

　　전등의 둥근 빛이 다시 분주하게 다락방 안을 샅샅이 비
추었으나 여자 외에는 어떤 사람의 모습도 보이지 않았다.
단, 한쪽 구석에 그 샌드위치맨의 큰북이 나뒹굴어져 있었
으며 그 옆에 고깔모자와 어릿광대의 옷이 내던져져 있을
뿐이었다.

　　아케치는 서둘러 여자 곁으로 다가갔다.

　"어떻게 된 일입니까? 당신은 왜 이런 곳에 있는 거죠?"

　　말을 걸며 어깨를 잡아 일으키려 하자 여자가 헝클어진
머리카락을 흔들어 젖히며 얼굴을 휙 들었다. 그 얼굴!

　　천하의 아케치도 순간적으로 두어 걸음 뒤로 물러났다.

　　그것은 얼굴이었을까, 아니면 새빨간 가면이었을까? 얼
굴 전체가 새빨갛게 물들어 있었다.

　"어떻게 된 일입니까? 이게 대체 무슨 일입니까?"

　　그러나 여자는 입을 열 힘조차 없었다. 정신을 잃지 않고

버티는 것이 고작이었다. 그래도 아케치의 말은 알아들을 수 있었는지 무슨 말인가 하듯 방의 한 구석을 가리켰다.

전등 빛을 비춰보니 그 바닥 위에 푸르스름한 작은 병이 나뒹굴어져 있었다. 안에서부터 어떤 액체가 흘러나와 희미하게 하얀 연기가 피어오르고 있었다.

이런 일에 익숙한 아케치는 바로 그 사정을 깨달을 수 있었다. 병 속의 액체는 어떤 종류의 약품이었다. 누군가 그것을 여자에게 뿌린 것이리라. 얼굴뿐만이 아니었다. 팔과 어깨에도 끔찍한 반점이 보였다.

그렇다면 누가 그처럼 잔혹한 짓을 한 것일까? 말할 것도 없이 악마 같은 어릿광대였다. 어떻게 알았는지는 모르겠으나 자신을 뒤쫓는 사람이 있다는 사실을 깨달은 그는, 다락방에 감금해두었던 여자를 순간적으로 이렇게 만들어놓은 뒤, 자신은 어릿광대의 옷을 벗어던지고 어딘가로 몸을 숨긴 것이리라.

그 여자도 가엾은 희생자 가운데 한 명이었다. 어릿광대는 어딘가의 아가씨를 끌고 와서 이 다락방 안에 감금해두었던 것이다.

광 녀

　가엾은 여자는 곧 부근의 병원으로 옮겨져 정성스러운 치료를 받았으나 이틀쯤은 고열에 시달려 의식불명인 채 생사의 갈림길을 오갔다. 물론 어디의 누구인지는 알 수 없었다.

　경찰에서는 당연히 이 여자가 혹시 행방불명된 노가미 아이코가 아닐까 하는 의심을 품고 있었다. 그랬기에 아이코의 어머니를 병원으로 불러 의식불명에 빠진 피해자를 대면케 해서 몸의 특징 등을 살펴보게 했으나 아이코와는 전혀 다른 인물이라는 사실이 판명되었다.

　어릿광대는 세상에 이미 알려진 노가미 자매 외에도 다른 여성을 어느 틈엔가 유괴했던 것이다. 그렇다면 그 외에도 또 악마의 희생양이 된 사람이 몇 명이고 더 있는 것 아닐까 여겨졌다.

　어디의 누구인지도 모를 여자는 사흘째 되는 날 의식을

완전히 회복하여 조금씩 말을 할 수 있게 되었으나 참으로 가엾게도 그녀는 정신이 이상해진 듯했다. 악마에게 감금되어 있던 동안의 마음고생과 그 극약에 의한 커다란 충격이 결국 가녀린 아가씨의 온전한 정신을 앗아가 버리고 만 것이었다.

그러나 그녀에게 그것은 오히려 다행스러운 일이었을지도 몰랐다. 두 번 다시 쳐다보기도 싫은 끔찍한 얼굴을 보며 영원히 맛보아야 할 쓰라린 슬픔을 느끼지 않아도 되기 때문이었다.

그녀는 두부 전체를 커다란 공처럼 조금의 틈도 없이 붕대로 친친 감고 있었다. 겨우 양쪽 귀가 노출되어 있었고, 눈과 입 부분에 가위로 잘라 만든 삼각형 모양의 구멍이 검게 뚫려 있을 뿐이었다.

사람인지 사물인지조차 모를 그 비참한 모습으로 그녀는 가끔 생각났다는 듯 어떤 슬픈 노래를 불렀다. 가늘고 여린 목소리로 그녀의 소학교 시절에 유행하던 동요인 듯한 노래를 불렀다. 그러나 혀가 말을 듣지 않는 것인지 그 가사는 거의 알아들을 수가 없었다. 그녀의 가엾은 이야기를 듣고 그 서글픈 노랫소리를 들은 병원의 간호부들 가운데 눈물짓지 않는 사람은 단 한 명도 없었다.

이레가 지나고 열흘이 지나도 그녀의 신원은 여전히 밝혀지지 않았다. 그녀에 관한 자세한 기사가 신문에 실려 전국으로 그 소문이 퍼져갔으나, 식구도 친구도 모습을 드러내지 않았다. 아니, 설령 그러한 사람이 나타났다 할지라도 여자의 얼굴은 완전히 짓물렀고 그 충격 때문에 바싹 마른 데다 전신에 화상으로 인한 반점이 있었기에 알아보고 싶어도 알아볼 방법이 없었으리라.

같은 악마의 표적이 되어 있는 몸으로 아이자와 레이코가 그 이야기를 듣고 마음 깊이 동정심을 품게 된 것은 어쩌면 당연한 일일지도 몰랐다. 어느 날 그녀는 친구인 피아니스트 시라이와 상의하여, 그의 동행으로 그 병원의 가엾은 여자를 찾아갔다. 불행 중 다행으로 시력만은 잃지 않았다는 말을 들었기에 하다못해 그 눈이라도 위로하기 위해 꽃집에 들러 멋진 꽃다발을 만들어 달라고 해서 그것을 선물로 병원의 문을 들어섰다.

병실로 들어가 보니 크고 하얀 공 같은 덩어리가 침대 위에 덩그마니 놓여 있었기에 가장 먼저 가슴이 아팠다. 꽃다발을 보이자 여자가 기쁘다는 듯한 목소리로 무엇인가 어린아이와 같은 말을 중얼거렸으나 의미는 거의 알아들을 수 없었다. 의미는 알 수 없었으나 그 모습에 기쁨이 넘쳐나고 있었기에 레이코는 충분히 만족했다. 그리고 한층 더 커다란 동정심을 품게 되었다.

"정말 가여워요. 아직도 저분의 신원을 알아내지 못했나요?"

"네, 아직 몰라요. 오늘 아침에도 한 사람, 경찰의 안내를 받아 찾아온 부인이 계셨지만 그분이 찾고 있는 사람과 몸의 모습이 조금도 닮지 않았다며 그대로 돌아가셨어요. ……정말 가여워요."

전담 간호부가 조용히 대답했다. 그리고 레이코의 손에서 꽃다발을 받아 침대 머리맡에 있는 화병 속의 시든 꽃과 바꾼 뒤, 환자에게도 보이는 위치에 놓았다.

레이코는 침대 앞의 의자에 앉아 붕대 구멍 속의 눈을 바라보며 광녀에게 말을 걸었다.

"알아보시겠어요? 전 아이자와라고 해요. 당신의 이름을 가르쳐주지 않으실래요?"

광녀는 가만히 그 목소리를 듣고 있는 것처럼 보였다. 그리고 무엇인가 대답을 했지만, 그 말은 안개 너머로 사물을 보는 듯한, 어린아이가 어려운 어른의 말을 억지로 이야기하고 있는 듯한 느낌이어서 내용을 거의 알아들을 수가 없었다.

잠시 후, 광녀는 가녀린 목소리로 노래를 부르기 시작했다. 가사를 알 수 없는 오래된 동요였다. 가만히 듣고 있으면 저절로 눈물이 배어나올 것만 같은 슬픈 목소리였다.

눈물을 글썽이며 그것을 듣고 있던 레이코가 마침내 무엇인가 결심한 듯 밝은 얼굴로 뒤에 서 있는 시라이를 돌아보았다.

"시라이 씨, 저 좋은 생각이 났어요. 혹시 언제까지고 이분의 신원이 밝혀지지 않는다면, 제가 모시고 가서 돌봐드렸으면 해요. 당신은 어떻게 생각하세요?"

"녀석에 대한 앙갚음인가요?"

시라이가 깜짝 놀랐다는 듯한 표정을 했다.

"그렇지 않아요. 저에 비하자면 이분이 가엾어서 견딜 수가 없어요. ……네, 그렇게 하겠어요. 아버지를 설득해서 반드시 그렇게 할 거예요."

고집이 센 레이코는 이 의협적인 생각에 흠뻑 빠져 있는 것처럼 보였다. 그녀의 성격으로 보아 일단 말을 꺼냈으니 아마도 뒤로 물러나지는 않으리라. 실제로 오늘의 외출만 해도 그녀의 아버지와 시라이는 어릿광대의 습격을 우려하여 입에 침이 마르도록 반대했으나 레이코는 단호하게 자신의 생각을 실행에 옮겼을 정도였다.

"글쎄요, 제가 뭐라고 할 수 있는 일은 아니지만, 급할 건 없으니 천천히 생각하는 편이 좋을 듯합니다. 당신 자신에게도 지금은 중요한 시기니까요."

"네. 바로 그래서 이분이 더욱 안쓰럽게 여겨지는 거예요."

레이코는 그로부터 한동안 그녀를 위로하다 시라이와 함께 차를 타고 귀가했는데, 귀가한 이후에도 그녀의 화제는 온통 새하얀 공 같은 가엾은 여자에 관한 것뿐이었다. 이대

로라면 결국은 아버지를 설득해서 조만간에 광녀를 데려올

듯한 기세였다.

묘지의 비밀

"이렇게 해서 아무래도 그 여자를 집으로 데려갈 생각인 듯합니다. 아이자와 씨는 그런 사람입니다. 누가 뭐래도 나쁜 일은 아니기에, 저로서도 적극적으로 반대하기 어려웠습니다."

그날 밤, 피아니스트 시라이는 아케치 탐정사무소의 서재에서 아케치와 마주앉아 병원을 방문했던 사실을 보고했다.

"오호, 그렇습니까? 그것 참 신기하군요. 저도 지금 그 생각을 하고 있던 참이었습니다. 아이자와 씨가 그 여자를 동정하여 틀림없이 돌봐줄 마음이 생길 거라 상상하고 있었습니다."

아케치가 묘한 말을 하더니 시라이의 얼굴을 가만히 들여다보았다. 시라이는 언뜻 엉뚱하게도 들리는 이 말 뒤에 뭔가 다른 의미가 있는 걸까 궁금했으나, 잘 이해할 수가 없었다.

아케치가 계속해서 말했다.

"그 여자의 동요는 저도 들어봤습니다만, 묘하게 슬프고 감미로운 분위기를 가지고 있습니다. 그 선율에는, 조금 이상하게 들릴지 모르겠지만, 사람을 취하게 만드는 힘이 있습니다. 아이자와 씨가 그런 마음을 먹게 된 것도 우연은 아닙니다."

"네, 저 역시도 왠지 그런 마음이 들었습니다. 가엾은 여자입니다. 그런데 어째서 신원을 알 수 없는 걸까요? 가족도 아무도 없는 불행한 사람이었을까요? 그렇다면 한층 더 불쌍하다는 생각이 듭니다만."

"신비한 여자입니다. 저는 그 여자의 동요를 듣고 있으면 헤아릴 수 없는 수수께끼 같은 것을 느낍니다. 매우 복잡하고 어두운 미로 속을 헤매고 있는 듯한 기분이 듭니다."

아케치가 다시 묘한 말을 했다. 시라이는 역시 그 의미를 알 수 없었다.

"선생님, 녀석은 뭘 하고 있는 걸까요? 그 이후 좀처럼 공세를 취하고 있지 않은 듯한데, 어디로 숨어버린 걸까요?"

그는 화제를 바꾸어 아케치의 수사가 어떻게 진행되고 있는지를 들어보려 했다.

"저는 지금 그것을 찾고 있습니다. 그리고 잘하면 의외로 빨리 녀석을 잡을 수 있을지도 모르겠습니다."

아케치가 어딘가 자신 있다는 투로 대답했다.

"넷, 그렇다면 뭔가 단서를 잡으신 겁니까?"

"아니, 아직 잡았다고까지는 말할 수 없습니다. 하지만 아주 가까운 시일 안에 그것을 잡을 수 있을 것 같다는 예감이 듭니다."

"괜찮으시다면 생각을 들려주실 수 없으시겠습니까?"

시라이가 믿음직스럽다는 듯 탐정의 얼굴을 바라보며 조심스럽게 물었다.

"아직 말씀을 드릴 수 있을 만큼 정리가 되지는 않았습니다. 그러나 저는 결코 넋을 놓고 있었던 것은 아닙니다. 아아, 그렇지. 아직 그 말씀을 안 드렸었죠. 얼마 전 밤에 가지고 온 아이자와 씨의 포도주의 조사를 의뢰했었습니다만, 역시 제 생각대로였습니다. 다량의 극약이 검출되었습니다."

"넷, 극약이?"

시라이의 얼굴빛이 바뀌었다.

"그것이 녀석의 수법입니다. 저희가 생각하기에는 참으로 유치하다고 말해도 좋을 정도로 번거롭고 변덕스러운 방법입니다만, 그것이 이번 범인의 성격입니다. 괴담이나 연극에나 나올 법한 성격, 그리고 상식에서 벗어나 사람의 의표를 찌르는 성격입니다. 녀석은 모든 일에서 상식을 역행하고 있습니다. 따라서 이번 사건을 수사할 때는 우리도 상식을 버리고 임하지 않으면 안 됩니다. 설마 그런 말도 안 되는 일이, 라고 여겨지는 점에 더욱 힘을 기울여 조사하지 않으면 안 됩니다.

저는 얼마 전부터 노가미 아이코 씨의 어머님을 만나기도 하고 아이코 씨의 친구들을 찾아가기도 해서 사진을 모으고 있었습니다. 이게 그것입니다."

아케치가 책상 서랍에서 한 묶음의 사진을 꺼내 보여주었다. 아이코 혼자서 찍은 것, 가족과 함께 찍은 것, 친구와 함께 찍은 것 등, 그녀가 최근에 찍은 사진이 몇 장이고 모여 있었다. 아케치는 그 가운데서 노가미의 가족사진을 시라이에게 보이며 수사와는 전혀 관계가 없을 것 같은 한담을 시작했다.

"이걸 좀 보세요. 이 사진에는 아이코 씨뿐만 아니라 언니인 미야코 씨도 찍혀 있습니다. 당신도 물론 알고 계시겠지만, 미야코 씨가 그런 일을 당하기 조금 전에 찍은 사진입니다.

저는 이 사진으로 미야코 씨를 처음 보았는데, 같은 자매라도 아이코 씨와는 생김새가 전혀 다른 얼굴 아닙니까? 아이코 씨의 생김새를 좋아하는 사람이 미야코 씨를 좋아할 수 없으리라는 점을 저도 이 사진을 보고 잘 알게 되었습니다."

숨은 뜻이라도 있는 것처럼 말하고 아케치는 시라이의

얼굴을 바라보았다. 그 말의 뜻은 시라이도 분명하게 알 수 있었기에 그는 내심 비밀을 들킨 듯한 기분이 들어 자신도 모르게 얼굴이 붉어졌다.

보기 싫은 것은 아니었으나 미야코의 얼굴에는 어딘가 음울한, 화사하지 못한 구석이 있었다. 동생인 아이코의 미모에 비하자면 급이 다르다고 해야 할 만큼 뒤떨어졌다. 나란히 찍은 사진 속에서도 미야코는 그것을 의식하여 열등감을 느끼고 있는 듯하다는 사실이 생생하게 드러나 있었다.

"알고 계시는 와타누키 소진 군이 언젠가, 미야코 씨에게는 어딘가 아무래도 좋아하는 마음이 들지 않게 하는 부분이 있다고 말했었습니다만, 이 사진을 보고 저도 그 말을 잘 이해할 수 있었습니다. 미야코 씨는 그런 의미에서도 불행한 사람이었습니다."

시라이는 말없이 고개를 숙이고 있었다. 왠지 급소를 공격받고 있는 것 같은 기분이 들었기에 상대방을 똑바로 바라볼 수가 없었다. 그가 약혼자 미야코와의 결혼을 언제까지고 미루었던 대부분의 이유가 거기에 있었기 때문이었다.

그런데 바로 그때 문에서 노크하는 소리가 들리더니 고바야시 소년의 귀여운 얼굴이 나타나서는 손님이 왔다고 알렸기에 난처하기 짝이 없었던 시라이는 목숨이라도 건진 듯 마음이 놓였다. 손님이란 지금 막 이야기 속에 등장했던 와타누키 소진이었다.

소진은 예의 헐렁헐렁한 양복을 입고 장발이 헝클어진 해골 같은 얼굴 속에서 커다란 눈을 두리번거리고 발에 커서 헐렁이는 구두를 뚜벅뚜벅 울리며 들어왔다.

시라이와 와타누키는 서로 이야기로 들은 적은 있지만 얼굴을 마주하는 것은 이번이 처음이었기에 아케치가 두 사람을 소개했다.

"그럼, 본론으로 들어가서, 저는 보고를 하러 온 겁니다. 대부분의 조사가 끝났기에."

소진이 이렇게 말하며 시라이를 힐끗힐끗 보았다.

"아니, 시라이 씨는 사건의 의뢰자이니 특별히 숨기지 않아도 돼. 조사 결과를 들려줬으면 하는데."

아케치가 재촉하자 소진은 의자에 앉아 예의 무뚝뚝한 말투로 이야기를 시작했다.

"꽤나 돌아다녔습니다. 정말 힘들었습니다만, 상대방이 젊은 여자였기에 그렇게 나쁘지만도 않았습니다. 상당한 미인도 있었습니다. 아직도 젊은 여자의 향기가 코에 남아 있는 듯합니다. 하하하하하.

그건 그렇고, 아케치 선생님, 선생님의 상상이 적중했습니다. 말씀하신 것에 정확히 부합하는 여자가 있었습니다. 저는 그 사진도 손에 넣어가지고 왔습니다. 보십시오, 이겁니다."

그가 주머니에서 사진 1장을 꺼내 아케치에게 건네주었

다. 젊은 여자의 상반신이 찍혀 있었다.

"이토 히데코라는 사람입니다. 주소는 지바 현의 G라는 마을입니다. 에도가와 강을 건너서 이치카와의 깊숙한 곳에 위치한 매우 외진 시골입니다."

시라이도 그 사진을 보았는데 전혀 본 적이 없는 스물두어 살쯤의, 이렇다 할 특징도 없는 여자였다.

아케치는 와타누키 소진에게 의뢰하여 그 병원에 있는 여자의 신원을 조사하게 한 것일까? 그리고 소진이 그것을 찾아낸 것일까? 하지만 이 괴짜 조각가에게 그런 솜씨가 있을 것 같지도 않은데, 라고 생각하며 시라이는 이해할 수 없다는 표정으로 두 사람의 얼굴을 번갈아 바라볼 뿐이었다.

"그런데 이 여자는 언제쯤 세상을 떠났지?"

아케치가 뜻밖의 질문을 했다.

"보름쯤 전입니다. 병으로 급사했다고 합니다."

"그리고 그 부근에는 아직 매장하는 습관이 남아 있고?"

"네, 그 부락만은 완고하게 매장하는 습관을 지키고 있습니다. 이 여자도 물론 매장되었습니다. 그 무덤은 동구 밖의 경양사라는 절에 있습니다."

"됐어. 그럼 드디어 그것을 결행할 때가 왔군. 와타누키 군, 자네도 물론 도와주겠지?"

아케치가 긴장한 얼굴로 확인하듯 말하자, 소진은 커다란 눈을 데굴데굴 굴리며 쓴웃음을 지었다.

"어쩔 수 없네요. 탐정수업의 사례금이라 생각하고 하기로 하겠습니다. 하지만 괜찮은 겁니까? 질책을 받는 것 아닙니까?"

"그건 걱정하지 않아도 돼. 효도 수사계장을 통해서 양해를 구해놨으니까."

시라이는 두 사람의 대화를 듣고 있어도 뭐가 뭔지 조금도 이해할 수가 없었다. 이야기의 내용으로 봐서 사진 속의 여자는 이미 사망한 듯하니, 병원에 있는 광녀와는 아무런 관계도 없는 모양이었다. 그렇다면 사진 속의 여자는 대체 누구란 말인가? 그리고 아케치는 격렬한 어조로 '그것을 결행하겠다.'고 말했는데 과연 무엇을 결행할 생각인 걸까?

그의 이해할 수 없다는 듯한 얼굴을 본 아케치가 그 귓가로 입을 가져가 무엇인가를 속삭였다. 매우 중요한 일인 듯, 아무도 엿듣는 사람이 없다는 사실을 알고 있으면서도 큰소리로 말하기는 어려운 모양이었다.

그 말을 들은 시라이는 깜짝 놀란 듯 눈을 둥그렇게 떴으며, 그 얼굴은 순식간에 유령처럼 창백해졌고 이마에는 자잘한 땀방울이 맺히기 시작했다. 대체 무슨 말이었기에 이 젊은 피아니스트를 그처럼 놀라게 했던 것일까?

그날 밤, 지바 현 G마을에 위치한 경양사 안쪽의 널따란 묘지에서 미심쩍은 일이 벌어졌다.

한밤중의 2시쯤이라 여겨지는 시각, 어디로 숨어든 것인지 대숲에 둘러싸인 새카만 어둠 속의 묘지 안에서 4사람의 그림자가 이상하게 움직이고 있었다.

빛도 없고 소리도 없이 죽음처럼 고요한 속에서 4사람의 시커먼 그림자가 무엇인가 소곤소곤 속삭임을 주고받으며 숲처럼 늘어선 비석 사이를 돌아다니고 있었는데, 마침내 그 가운데 한 사람이 아직 새것인 듯한 나무푯말 앞으로 다가가는가 싶더니 갑자기 그 푯말에 두 손을 얹어 부드러운 흙 속에 묻혀 있던 그것을 있는 힘껏 뽑아 옆에 있는 수풀 속으로 던져버렸다.

다른 세 사람의 그림자는 조금 떨어진 곳에 서서 그것을 바라보고 있는 듯 여겨졌다.

푯말을 뽑아버린 사내는 뒤이어 상의를 벗더니 섬뜩한 작업을 시작했다. 미리 준비를 해온 것인 듯, 그의 손에는 곡괭이 한 자루가 쥐어져 있었다. 그 곡괭이가 새로 만들어진 무덤의 흙을 기세 좋게 찍었다.

20분쯤 뒤, 그 무덤은 완전히 파헤쳐져 지면이 크고 검은 입을 떡 벌리고 있었으며 한쪽에는 흙이 작은 산처럼 쌓여 있었다.

사내는 곡괭이를 내던지고 그 구멍 속에 머리를 찔러넣은 듯한 자세로 무엇인가를 부지런히 했는데, 그러자 마침내 구멍 속에서 참으로 불쾌하고 으스스한 소리가 끼익 들려왔다.

사내는 드디어 일을 마친 듯, 일단 자리에서 일어나 무릎의 흙을 털더니 뒤이어 거기에 벗어두었던 상의의 주머니에서 조그만 원통형 물건을 꺼내 그것을 손에 쥐고 다시 구멍 속을 들여다보았다.

그러자 갑자기 구멍 속에서 푸르스름한 빛이 넘쳐나더니 그 반사광이 희미하게 남자의 모습을 떠오르게 했다. 그는 와타누키 소진이었다. 긴 머리가 헝클어져 이마에 감겨 있었으며 흙과 땀으로 더러워진 해골 같은 얼굴은 지금 막 무덤 속에서 기어나온 사령(死靈)이 아닐까 여겨질 정도였다.

푸르스름한 빛은 그가 손에 들고 있는 손전등에서 나오고 있었다. 그 둥근 빛이 지금 파헤쳐진 구멍 속의 관 안을 환히 밝히고 있는 것이었다.

소진은 커다란 눈을 떼굴떼굴 굴리며 으스스한 구멍 속을 바라보다가 곧 무엇을 본 것인지 소름이 돋는다는 듯 얼굴을 돌려 뒤에 서 있던 세 사람을 손짓으로 불렀다.

세 사람이 성큼성큼 구멍 곁으로 다가갔다. 희미한 반사광으로 그들이 아케치 고고로와 시라이 세이이치와 한 명의 경관이라는 사실을 알 수 있었다. 소진에게서 손전등을 받아든 아케치가 시라이와 함께 구멍 속을 들여다보았는데,

잠시 후 시라이의 입에서 앗 하는 무시무시한 외침이 흘러나왔다. 그는 더 이상 바라볼 수 없다는 듯 두 손을 얼굴에 대고 비틀비틀 뒷걸음질을 쳤다.

"역시 그런 것 같나요?"

아케치가 조용히 물었다.

"네, 그렇습니다. 맞아요. 이건 틀림없습니다. 아아, 이 무슨 끔찍한 일이란 말인가."

시라이가 이를 딱딱 부딪치며 흐느끼는 듯한 목소리로 대답했다.

어둠 속의 손

　깊은 밤에 무덤을 파헤친 날로부터 이틀 뒤, 이름도 모르는 광녀는 병원에서 아이자와 레이코의 집으로 옮겨져 방 하나를 쓰며 간호를 받게 되었다.

　레이코는 자신의 처지와 비교해서, 같은 악마에게 씌워버린 이 여자를 그냥 내버려둘 수 없었던 것이다. 아버지인 아이자와 씨는 물론 그녀 주변의 사람들 모두, 레이코 자신이 언제 악마로부터 습격을 받을지 알 수 없는 처지에 있으니 그런 별난 행동은 하지 않는 편이 좋겠다고 열심히 말렸으나, 고집이 센 레이코는 마침내 자신의 뜻을 관철시키고 말았다. 그 정도로 이 가엾은 여자를 동정하기도 했으며 마음이 끌리기도 했던 것이다.

　언제까지고 그 여자를 데려가겠다는 사람은 나타나지 않았다. 정신이 이상해져서 어디에 사는 누구인지도 알 수 없었으며, 또 얼굴 전체에 부상을 입어 원래의 모습을 전혀 알아볼 수 없게 되었다고는 하지만 이렇게 오랫동안 그녀의 가족이 나타나지 않는 것은, 이상하다고 하면 이상한 일이었다. 부모형제도 친척조차도 전혀 없는 외로운 처지의 여자일지도 모를 일이었다.

세상에 데려갈 사람이 아무도 없다는 서글픈 사실이 레이코를 한층 더 열정적으로 만들었다. 그런 비참한 처지도 모른 채 순진하게 동요만 부르고 있는 여자가 가엾어서 견딜 수가 없었다. 그녀가 주위의 반대를 무릅쓰고 그 여자를 데려온 마음도 이해할 수 없는 것은 아니었다.

광녀의 부상은 이미 회복기에 접어들었으나 얼굴에는 아직 붕대가 감겨 있었다. 눈과 입과 코 외에는 전부 붕대가 감겨 있었기에 그녀의 얼굴은 마치 하나의 희고 커다란 공처럼 보였다. 광기는 조금도 회복될 기미가 보이지 않았다. 그녀는 주어진 안쪽의 방 하나에서 낮에도 자리에 누운 채 슬픈 목소리로 동요를 불렀다.

병원에서 그녀를 전담하던 간호부가 매일 아이자와 씨의 집으로 와서 광녀의 붕대와 치료와 간병을 해주기로 했고, 아이자와 씨 집에서는 그 외에도 광녀가 옮겨옴과 동시에 한 나이 든 하인을 고용했다. 60세쯤의 우직해 보이는 마른 노인으로, 짧게 쳐올린 머리는 벌써 새하얗게 변해 있었다. 매우 말이 없는 사내로 사람들 앞에 그다지 얼굴을 내밀지 않았으며, 말없이 정원 청소를 하기도 하고 창고로 쓰는 작은 건물 안을 정리하기도 하는 등, 그저 일하는 것만을 낙으로 삼고 있는 듯 보였다.

광녀가 옮겨온 뒤로 이틀 동안은 이렇다 할 일도 없이 지나갔다. 지옥의 어릿광대도 이상할 정도로 모습을 드러내지 않았기에 그에게 어떤 사정이 생겨서 레이코의 습격을 단념한 것이 아닐까 여겨질 정도였다. 그러나 악마의 지혜는 상식으로 판단할 수 있는 것이 아니다. 그는 사람들이 방심하기를 기다리고 있는 것일지도 몰랐다. 그리고 의표를 찌르는 어떤 기괴한 방법으로 단번에 목적을 달성하려 하고 있는 것일지도 몰랐다.

아니나 다를까, 사흘째 되던 날 밤에 참으로 놀라운 투명 망토에 몸을 숨겨 기체처럼 아이자와의 집으로 침입한 악마가 레이코의 침실을 엿보고 있었다.

레이코는 안쪽 깊숙한 곳의 6첩짜리 방에서 아무것도 모른 채 혼자 깊은 잠에 빠져 있었다. 머리맡에 2폭짜리 병풍이 세워져 있었으며 작은 전구가 달린 스탠드가 희미하게 그녀의 잠든 얼굴을 비추고 있었다. 약간 단정치 못하게 하얀 오른쪽 팔이 팔꿈치 부근까지 이불자락 밖으로 드러나 있었다. 책을 읽다 그대로 잠든 것이리라. 그 손 아래에 펼쳐진 채로 소형 문고가 떨어져 있었다.

한밤중의 2시를 조금 지났을 무렵, 툇마루 쪽의 장지문이 소리도 없이 슬금슬금 열리고 있었다. 조금씩 조금씩, 마치 벌레가 기는 듯한 신중함으로 누군가가 그 장지문을 열고 있었다.

물론 레이코는 그것을 조금도 알지 못했다. 장지문에서는 그 어떤 조그만 소리도 들리지 않았기 때문이었다.

마침내 장지문이 60㎝쯤 열렸는가 싶자, 그곳을 통해서 그림자 같은 것이 슥 방 안으로 들어와 병풍 뒤에 몸을 숨겼다. 2, 3분 동안, 그는 숨을 죽인 채 거기에 웅크리고 있는 듯했다. 아무런 소리도 들리지 않고 무엇 하나 움직이는 것 없이 방 안은 죽음과도 같은 고요함에 잠겨 있었다.

마침내 병풍의 가장자리, 바닥과 30㎝쯤 떨어진 높이에서 하얀 벌레 같은 것이 불쑥 모습을 드러냈다. 그리고 그 하얀 것이 조금씩 조금씩 커졌다. 그것은 사람의 손가락이었다. 손가락이 극도의 조심스러움으로 병풍 끝에서부터 레이코 쪽으로 뻗어가고 있었던 것이다.

5개의 손가락이 완전히 모습을 드러냈을 때, 그 손가락에 묘한 유리관 같은 것이 쥐어져 있다는 사실을 알 수 있었다. 소형 주사기였다. 주사기의 유리관에는 탁한 액체가 절반쯤 들어 있었다. 주사기 끝의 예리한 바늘이 스탠드의 빛을 받아 번쩍 빛났다.

주사바늘 끝이 조금씩 조금씩 레이코의 하얀 팔을 향해 다가가고 있었다. 그것을 든 손은 벌써 병풍 뒤에서 30㎝ 정도나 뻗어 있었다.

레이코는 아직 깊은 잠에 빠져 있었다. 앞으로 1분쯤 후면 모든 일이 끝나리라. 주사바늘의 날카로운 끝이 그녀의 하얀 팔을 푹 찌르기만 하면 그것으로 끝이었다. 그녀가 눈을 뜰지도 몰랐다. 그러나 그때는 이미 독이 그녀의 피부 아래에 심겨져버릴 것이다. 소리 지를 여유조차 없으리라. 어떤 종류의 독극물은 한 방울쯤 되는 미량으로도 순식간에 사람의 목숨을 끊어놓을 수 있기 때문이다.

그런데 악마는 도대체 어디를 통해서 이 방으로 숨어든 것일까? 사건 이후부터는 신중에 신중을 기해서 문단속을 했다. 장지문 한 장을 사이에 둔 레이코의 옆방에서는 잠귀가 밝은 아이자와 씨가 자고 있을 터였다. 그 경계 속에서 희미한 소리 하나 내지 않고 그는 어떻게 해서 여기까지 다다를 수 있었던 것일까? 사람들이 생각할 수도 없는 어떤 마법이 행해진 것이라고밖에는 달리 생각할 길이 없었다.

주사바늘의 끝은 벌써 레이코의 하얀 피부에서 10㎝쯤 되는 거리까지 다가가 반짝반짝 희미하게 떨리고 있었다. 레이코의 운명은 이미 정해진 것처럼 보였다. 어떤 기적이라도 일어나지 않는 한, 그녀의 죽음은 이제 결정적인 것이었다.

그러나 독자 여러분도 예상하셨을 테지만, 그 기적이 일어났다.

진　범

갑자기 요란스러운 소리가 들려왔다. 죽음과도 같았던 정적 속에서 묵직한 물체가 부딪치는 듯한 끔찍한 소리가 들리더니 레이코의 머리맡에 있던 병풍이 돌풍에 휩싸이기라도 한 것처럼 흔들흔들 흔들려 하마터면 쓰러질 뻔했다.

그 소리는 레이코의 침실에서 툇마루를 따라 이어져 갔다. 그리고 그 툇마루의 어둠 속에서 격렬한 숨소리와 외치는 목소리와 무엇인가 부딪치는 묵직한 땅의 울림 같은 것이 한동안 계속되었다.

때 아닌 커다란 소리에 아이자와의 집안사람 모두가 잠에서 깨어나 곧 그 툇마루로 달려왔다는 것은 말할 필요도 없으리라.

옆방에 있던 아이자와 씨, 서생, 하녀, 그리고 당사자인 레이코도 그 집안사람들 뒤에서 두려움에 떨며 툇마루를 바라다보고 있었다. 레이코의 침실에 있는 전등이 밝혀져

마루가 단번에 밝아졌는데, 사람들은 그 툇마루에서 전혀 생각지도 못했던 기괴한 광경을 보게 되었다. 위에서부터 걸터앉아 누르고 있는 것은 얼마 전에 고용된 늙은 하인이었다. 그는 이런 한밤중까지 아직 잠자리에 들지 않았었는지 낮에 입는 옷을 그대로 입고 있었다. 줄무늬 기모노에 딱딱하고 폭이 좁은 허리띠, 새하얀 머리카락, 단번에 그라고 알아볼 수 있는 나이 든 하인의 모습이었다.

그런데 노인 밑에 깔려 엎드려 있는 것은 한층 더 뜻밖의 인물이었다. 희고 커다란 공과 같은 것이 그 툇마루 위에 나뒹그러져 있었다. 그 광녀였다. 레이코가 빌려준 화려한 파자마를 입은 광녀는 붕대에 감긴 얼굴을 툇마루에 댄 채 노인의 무릎 아래서 신음하고 있었다. 그 앞에 조그만 주사 바늘이 떨어져 있었다.

이건 또 어떻게 된 일이란 말인가? 대체 무슨 일이 있었던 걸까? 나이 든 하인의 정신이 이상해지기라도 한 걸까? 가여운 광녀를 이런 깊은 밤에 툇마루로 끌어내 이런 가혹한 짓을 하다니 마치 꿈속에서 일어난 일처럼 당혹스러운 느낌이 들었다.

"아케치 선생님! 무슨 일이십니까?"

아이자와 씨가 자신도 모르게 진짜 이름을 불러버리고 말았다. 나이 든 하인이 아케치 탐정의 변장한 모습이라는 사실은 주인인 아이자와 씨와 시라이 세이이치만이 알고 있는 비밀이었으나, 너무나도 갑작스러운 일에 아이자와 씨는 그런 것을 신경 쓸 겨를이 없었다.

"이 녀석이 범인입니다! 드디어 확증을 잡았습니다."

"넷, 그 여자가 범인이라고요? 대체 무슨 범인이라는 겁니까?"

"자세한 얘기는 나중에 하겠습니다. 이 녀석이 아가씨에게 독약을 주사하려 했습니다. 보십시오, 이 주사바늘이 그것입니다."

그러나 이 광녀가 커다란 은인인 레이코를 왜 살해하려 했던 것인지 아이자와 씨로서는 도무지 짐작할 수가 없었다.

"정신질환자는 그래서 위험하다고 했던 겁니다. 뭔가 발작이라도 일으킨 걸까요?"

"아니요, 정신질환자가 아닙니다. 이 녀석이 지옥의 어릿광대라 불리고 있는 살인귀입니다."

"넷, 뭐라고요? 그럼 그 붕대로 변장을 하고……."

"아니, 그것도 아닙니다. 보십시오, 이 녀석의 팔에는 이렇게 화상 자국이 있습니다. 그 여자입니다. 그 여자가 살인귀였던 겁니다."

"네? 네? 정신이 이상해진 그 가엾은 여자가?"

아이자와 씨는 어처구니가 없다는 듯 외친 채 더는 말을 잇지 못했다. 뭔가 있을 수 없는 일이 벌어진 듯한 느낌이었다. 아무리 명탐정의 말이라고는 하지만 너무나도 뜻밖이었기에 쉽게는 믿을 수가 없었던 것이다.

아이자와 씨보다 훨씬 더 커다란 놀라움에 빠진 것은 당사자인 레이코였다. 이 여자가 나를 죽이려 했단 말인가? 그리고 이 가엾은 여자가 나를 노리고 있던 그 무시무시한 살인귀였단 말인가? 그런 일이 있을 수 있을까? 꿈이 아닐까? 나는 지금 무서운 악몽에 시달리고 있는 것 아닐까?

붕대의 여자를 깔고 앉은 채로 계속해서 문답을 주고받을 수도 없었기에 사람들은 일단 거실로 들어가 아케치의 설명을 듣기로 했다. 한편 아케치의 말에 따라서 피아니스트인 시라이 세이이치에게 전화를 걸었는데, 그는 깊은 밤임에도 불구하고 당장 자동차를 타고 달려가겠다고 대답했다.

붕대의 여자는 단념했는지 더는 맞서려고도 하지 않고 달아나려고도 하지 않았으며, 아케치에게 끌려 들어온 그 방의 구석에 엎드려 훌쩍훌쩍 울기만 할 뿐 꼼짝도 하지 않았다.

아무리 봐도 어제까지의 광녀와 조금도 다르지 않은 가엾은 모습이었다. 아아, 저 여자가 그 커다란 범죄를 저지른 지옥의 어릿광대 바로 그 사람이란 말인가?

"저는 어떻게 된 일인지 도무지 이해할 수가 없습니다. 그럼 저 여자는 정신이 이상해진 게 아니었단 말입니까?"

아이자와 씨가 반신반의하는 듯한 모습으로 가장 먼저 첫 번째 궁금증을 풀려 했다.

"그렇습니다. 그저 정신이 이상해진 것처럼 행세하고 있었던 것입니다. 참으로 명배우였습니다. 레이코 씨가 동정심을 품게 된 것도 당연한 일입니다. 그 동요에는 누구나 저절로 눈물을 흘리게 되니까요."

백발의 나이 든 하인이 젊고 또렷한 목소리로 대답했다.

"흠. 정신이상을 가장하고 있었단 말입니까. 하지만 그렇다 해도 저는 여전히 이해할 수가 없습니다. 그렇다면 저 사람은 어릿광대에 의해서 그 다락방에 감금되어 있던 여자와 다른 사람이란 말입니까? 어느 틈엔가 사람이 바뀌었단 말입니까?"

"아니, 그렇지는 않습니다. 다락방에 감금되어 있던 여자가 바로 저 여자입니다."

"이상하군요. 그렇다면 저 여자는 어릿광대에게 유괴되었던 피해자 가운데 한 사람이 아닙니까? 그런데 피해자가 아니라 범인이고, 그 어릿광대와 동일인물이라니 저로서는 아직 이해할 수가 없습니다만……."

"그러실 테지요. 누구나 그렇게 생각할 겁니다. 그것이 범인의 멋진 투명망토였던 겁니다. 저는 지금 저 여자를 정신이상자가 아니라고 말했습니다만, 그건 여러분이 생각하고 있는 것과 같은 정신이상자가 아니라는 뜻일 뿐, 다른 의미에서는 틀림없는 정신이상자입니다. 남들보다 뛰어난 지혜와 판단력을 가진 정신이상자입니다. 무시무시한 지옥의 천재입니다."

"흠. 그렇다면 이렇게 된 거로군요. ……."

아이자와 씨는 그 생각의 무시무시함에 다음 말을 잇지 못하다가, 마침내 결심한 듯 그 말을 했다.

"그러니까 당신들이 그 빈집을 습격했을 때 그 다락방에 범인과 저 여자가 있었던 것이 아니라 저 여자 혼자 있었다는 말씀이시죠? 그 의미는, 저 여자가 그 극약을 스스로 자신의 얼굴에 뿌렸다는……."

아이자와 씨는 말을 하다말고 소름이 돋는 듯 입을 다물어버리고 말았다.

자리에 있던 사람들 모두 서로의 얼굴만 바라본 채 한동안은 아무런 말도 하지 못했다. 한없이 고요한 정적 속으로 붕대를 감은 여자의 희미한 흐느낌만이 말로 표현할 수 없는 애수를 머금은 채 끊어졌다가는 이어졌다.

그때 현관 쪽에서 사람의 목소리가 떠들썩하게 들리더니 마침내 양복을 입은 시라이 세이이치가 긴장한 얼굴로 들어왔다. 그는 아케치가 나이 든 하인으로 변장하여 이 집에 머물고 있다는 사실은 알고 있었으나, 그 진짜 목적이 무엇인지는 아직 깨닫지 못하고 있었기에 광녀가 진범이라는 말을 듣고는, 역시 크게 놀라지 않을 수 없었다.

"시라이 씨는 어느 정도 이번 사건의 비밀을 알고 계십니다. 하지만 진범이 누구인지는 저도 조금 전까지 확신할 수 없었기에, 그 점은 시라이 씨에게도 밝히지 못했습니다.

　그럼 제가 왜 저 여자를 진범이라고 생각했는지, 그 이유를 지금부터 말씀드리겠습니다. 본인이 여기에 있으니 제 추리에 잘못된 부분이 있으면 아마도 저 여자가 바로 잡아 줄 겁니다."

　나이 든 하인으로 분장한 아케치가 앉은 자세를 고치며 이 신비한 살인사건의 진상을 들려주기 시작했다.

악마의 논리

"대략적으로 말씀드리겠습니다. 이번 사건을 깊이 연구하고 범인 자신의 고백에 따라서 그 동기를 면밀히 고찰한다면 매우 흥미로운 한 권의 책을 쓸 수 있을지도 모르겠습니다만, 지금은 단지 사건을 설명하는 데 빠져서는 안 될 저의 논거만을 아주 간단히 말씀드리도록 하겠습니다.

제가 그 아자부에 있는 빈집의 다락방에서 이 여자가 신음하고 있는 것을 발견했을 때 얼핏 떠오른 것은, 여기에는 처음부터 이 여자가 숨어 있었을 뿐 또 한 명의 남자는 애초부터 없었던 것 아닐까, 다시 말해서 이 여자야말로 지옥의 어릿광대라 불리는 살인귀 아닐까 하는 기묘한 생각이었습니다.

세상에서는 범인을 남자라고만 믿고 있었습니다. 남자이기에 젊고 아름다운 여성을 유괴하는 것이라고만 믿고 있었습니다. 그러나 탐정이라는 직업은 언제나 세상에서 믿고 있는 사실의 반대를 생각해보지 않으면 안 됩니다. 사물의 겉면이 아니라 그 이면을 꿰뚫어보지 않으면 안 됩니다.

제게 그런 의심을 품게 한 첫 번째 논거는 저 여자의 얼굴이 극약으로 엉망진창이 되었다는 사실이었습니다. 범인이 따로 있어서 다락방에서 달아날 때 저 여자를 저렇게 만들어놓고 갔다고 생각하는 것은 하나의 상식이자 표면적인 사고법에 지나지 않습니다. 누구라도 그렇게 생각하리라 여겨지기에 교활한 범인은 그것을 기만의 재료로 삼은 것입니다. 범죄자들이 쓰는 마법의 재료는 언제나 그런 상식의 이면에 전혀 다른 모습으로 숨겨져 있는 법입니다.

우리가 그 빈집을 사방에서 포위했을 때, 범인은 아직 다락방에 숨어 있었다고 가정하겠습니다. 그리고 달아날 길을 완전히 잃었다고 한다면 그는 어떤 수단을 취할까요? 만약 그가 지금까지 보여준 모습처럼 남자가 아니라 사실은 여자였다면 그저 원래의 여자로 돌아가 거기에 엎드려 울기만 하면 될 터였습니다. 그렇게 하면 우리는 그 여자가 범인이라고는 생각지 못하고 범인에게 감금되어 있던 가엾은 희생자 가운데 한 명이라고만 생각할 것입니다.

그러나 단지 여자의 모습이 되어 엎드려 우는 것만으로는 부족했습니다. 얼굴을 보여서는 정체가 바로 탄로 나기 때문입니다. 범인은 우리에게 얼굴을 보여서는 안 되었던 겁니다. 그 난관을 극복하기 위해서 범인은 참으로 과감한 방법을 선택했습니다. 다시 말해서 자신의 손으로 얼굴에 극약을 뿌렸다고 가정한다면 어떻겠습니까?

물론 저도 그것을 확신한 것은 아니었습니다. 이런 가설을 세워봤던 것에 지나지 않습니다. 그런데 그 후 추리를 점점 진행시켜 나감에 따라서 이 가설이 한 걸음씩 진실성을 더해가기 시작했습니다. 다른 사정들이 전부 그것을 뒷받침하고 있는 것처럼 보이기 시작한 것입니다. 범인은 어째서 어릿광대 분장을 한 것일까? 그것은 단지 세상을 두렵게 만들기 위해 떠올린 기괴한 생각에 지나지 않는 걸까? 아니면 그 뒷면에 또 하나의 의미가 있었던 것은 아닐까? 즉, 범인은 원래의 얼굴을 숨기기 위해서 그 하얀 벽처럼 두꺼운 화장을 할 필요가 있었던 것 아닐까? 그리고 평범하게 변장하는 것만으로는 부족하다, 얼굴을 분장으로 완전히 가려야만 하는 데에는 뭔가 특별한 사정이 있었던 것 아닐까?

이 의문은 만약 범인이 여자라면, 곧 얼음처럼 녹아버리고 맙니다. 여자가 남자로 변장할 때, 평범하게 남자의 복장을 하는 것보다 그와 같은 헐렁한 옷을 입고 고깔모자를 쓰고 벽처럼 분을 발라 얼굴과 몸의 여성스러움을 완전히 감추는 방법을 쓰는 편이 얼마나 더 용이한지 모릅니다.

그런데 그런 식으로 이런저런 생각을 하다 저는 문득, 이번 사건 가운데 2가지 일들이 묘하게 일치한다는 사실을 깨달았습니다. 얼굴에 상처를 입어 엉망진창이 된 것은 다락방의 경우가 처음이 아니었습니다. 이번 사건의 맨 처음에 비슷한 일이 한 번 더 행해졌었습니다. 그 석고상 속에 감춰져 있던 노가미 미야코 역시 그 얼굴을 전혀 알아볼 수 없을 정도로 얼굴에 상처를 입고 있지 않았습니까?

어릿광대의 벽처럼 하얀 분의 가면, 범인 자신의 극약에 의한 변모, 그리고 첫 번째 피해자가 입은 얼굴의 끔찍한 상처, 이 3가지가 저의 마음을 이상하게 자극했습니다. 그들 모두 수단은 다르지만 하나같이 얼굴을 감추기 위한 조작이지 않습니까?

어째서 피해자의 얼굴을 감추어야만 했던 걸까? 또 어째서 범인의 얼굴을 그 고통을 참아가면서까지 숨겨야만 했던 걸까? 그것을 가만히 생각하고 있자니 제 눈가에 하나의 기괴하기 짝이 없는 환영이 떠오르기 시작했습니다. 그것은 거의 일반 사람들의 상상을 뛰어넘는 악마의 지혜, 광인의 환상이라고 해야 할 만한 것이었습니다.”

아케치는 여기까지 말한 뒤 잠시 입을 다물었으나, 자리에 있던 사람들 모두 긴장된 눈빛으로 가만히 아케치의 얼굴만 응시할 뿐, 누구도 입을 열지 않았다. 아케치는 무엇인가를 숨기고 있다, 이번 사건의 가장 커다란 비밀을 아직 이야기하지 않았다는 사실을 사람들도 어렴풋이나마 알고 있었기 때문이었다. 거기에 이 심상치 않은 긴장의 이유가 있었다. 아케치가 냉정하게 말을 이었다.

"한편으로 저는 이런 사실도 깨닫게 되었습니다. 그것은 피해자인 노가미 미야코도 노가미 아이코도, 그리고 여기에 계시는 레이코 씨도 어떤 한 인물과 밀접한 관계를 가지고 있다는 사실입니다.

이건 시라이 세이이치 씨에게도 이야기한 적이 있습니다만, 그 이른바 중심적인 위치에 있는 인물이란 바로 시라이 세이이치 씨입니다. 본인 앞에서 이런 말 하기는 조금 그렇습니다만, 일이 이렇게 되었으니 양해를 구하고 솔직하게 말씀드리겠는데, 시라이 씨는 노가미 미야코와 약혼했음에도 불구하고 언제까지고 그것을 실행에 옮기려고는 하지 않았습니다. 그리고 약혼자인 미야코 씨보다 오히려 동생인 아이코 씨와 친밀한 사이가 되어 있었습니다. 만약 아이코 씨가 무사했다면 시라이 씨는 그 사람과 결혼을 했을지도 모릅니다. 다시 말해서 언니인 미야코는 커다란 미움의 대상이었던 겁니다. 이 사실은 시라이 씨 본인에게도 들었고, 저는 아이코 씨의 어머니를 찾아가서 확인하기도 했습니다.

미야코를 싫어한 것은 시라이 씨만이 아니었습니다. 이는 아무도 모르는 미야코 씨만의 비밀입니다만, 그 사람은 지금으로부터 2년쯤 전에 예의 와타누키 소진 군의 아틀리에로 그림을 배우러 다닌 적이 있었는데 와타누키 군에게 스승과 제자 이상의 애정을 내보였었습니다. 이는 물론 시라이 씨도, 그 사람의 어머니도 모르시는 일일 겁니다. 저는 와타누키 군 자신에게서 그것을 들었습니다.

그런데 와타누키 군은 아무래도 미야코 씨가 좋아지지 않았다고 합니다. 미야코 씨는 그 와타누키 군에게조차 미움의 대상이 되었던 겁니다.

그런 이유로 미야코 씨는 애정에 굶주려 있었으나 누구에게도 사랑받지 못했습니다. 약혼자에게 사랑을 받지 못했을 뿐만 아니라 그 사람이 애정을 보인 남성 모두가 그 사람을 멀리한 것 같다고 여겨지는 정황들이 있습니다.

저는 어머니를 찾아갔을 때 미야코 씨와 아이코 씨의 사진을 빌려와서 자세히 살펴보았는데 동생인 아이코 씨의 사랑스러움에 비해서 미야코 씨의 얼굴에서는, 그렇습니다, 와타누키 군이 말한 것처럼 묘하게 반감을 주는 부분이 느껴졌습니다. 아니, 이렇게 말하는 것만으로는 부족합니다. 뭔가 섬뜩한 느낌조차 들었습니다.

시라이 씨, 당신은 미야코 씨와 아이코 씨가 진짜 자매가 아니었다는 사실을 알고 계셨습니까?"

사라이는 갑작스러운 질문에 깜짝 놀란 듯 눈을 둥그렇게 떴다.

"아니, 그런 말은 한 번도 들어본 적이 없습니다. 얼굴 생김새는 전혀 달랐지만 저는 진짜 자매라고만 생각하고 있었습니다."

"그런데 그게 아니었습니다. 미야코 씨는 업둥이였습니다. 그것은 아직 누구에게도 말한 적이 없는 사실이라며 어머니는 좀처럼 말씀하려 하지 않으셨습니다만, 제가 억지로 입을 열게 했는데 미야코 씨의 부모님은 어디의 누구인지도 전혀 모른다고 합니다.

미야코 씨는 그 사실을 일찍부터 알고 있었을지도 모릅니다. 아마도 알고 있었던 듯합니다. 이름도 모르는 부모님으로부터 물려받은 유전자와 어렸을 때부터 품어온 비뚤어진 마음이 그 사람을 그런 용모로 길러낸 것 아닐까 여겨집니다.

그런 성격에 더해서 애정은 조금도 보답 받지 못했습니다. 약혼자에게조차 미움의 대상이었습니다. 그리고 그 약혼자는 동생과 친밀해졌습니다. 평범한 여성에게도 이는 커다란 타격입니다. 하물며 그러한 과거를 가진 미야코 씨의 일그러진 마음에는 그 고통이 몇 배나 더 확대되어 작용했으리라는 사실은 쉽게 상상해볼 수 있는 일 아니겠습니까?

실연의 슬픔은 정상적인 여성의 정신까지도 이상하게 만드는 경우가 있습니다. 그런데 미야코 씨에게는 그런 어두운 유전과 환경이 있었습니다. 천성적으로 평범하지 않은 성격을 갖추고 있었습니다. 평범한 여자라면 그러한 슬픔을 겉으로 드러냈을 테지만 그녀는 그것을 드러내지 않았습니다. 너무나도 커다란 슬픔에 자살을 생각하는 대신 복수를 떠올렸습니다. 악마의 속삭임에 응한 것입니다. 그때부터 노가미 미야코는 이 세상에서 사라지고 지옥의 어릿광대로 다시 태어난 것입니다."

마침내 이번 사건의 가장 커다란 비밀이 폭로되었다. 그러나 사람들은 그 말을 듣고도 멍하니 입을 다물고 있을 뿐이었다. 너무나도 기괴한 일이었기에 갑자기는 그 말을 믿을 수 없었던 것이다.

"물론 저도 처음부터 이처럼 분명하게 생각하고 있었던 것은 아닙니다. 어떤 한 가지 중대한 증거를 쥐기 전까지 그것은 여러 가지 가능성 중에서도 가장 기괴하고 예외적인 하나의 경우에 지나지 않았습니다.

그 중대한 증거란 다름 아닙니다. 시라이 씨, 며칠 전 밤에 당신과 함께 보았던, 지바 현에 있는 오래된 절의 무덤에 숨겨져 있던 무시무시한 비밀입니다."

아케치는 여기서 경양사의 무덤을 파헤친 일에 대해서 간략하게 이야기했다.

"그 매장된 관 속에서 우리는 노가미 아이코의 시체를 발견했습니다. 사후 채 열흘도 되지 않았기에 용모를 충분히 확인할 수 있었습니다.

아이코 씨는 말할 것도 없이 어릿광대의 손에 의해서 살해되었습니다. 그런데 그 시체가 뜻밖에도 지바 현의 외진 시골에 매장되어 있다니, 이것은 대체 무엇을 의미하는 걸까요?

저는 조금 전에 말씀드린 의문, —한마디로 다시 말하자면 그건 첫 번째 피해자인 석고상 속 시체의 얼굴이 어째서 그렇게 엉망으로 상처투성이가 되었는가 하는 끔찍한 의문인데, 그런 의문을 품고 있었기에 와타누키 소진 군에게 부탁하여 미야코 씨의 여학교 시절 동창이나 그 외의 여자 친구 가운데 극히 최근에 사망한 사람은 없는지 조사를 하게 했습니다.

그랬더니 지바 현 이치카와의 G라는 마을에 미야코의 동창이 있었는데 그 아가씨가 마침 첫 번째 살인사건이 일어나기 나흘 전에 심장마비로 급사했다는 사실이 밝혀졌습니다. 더구나 그 마을에는 매장하는 습관이 남아 있어서, 그 아가씨는 마을 외곽에 있는 경양사의 묘지에 묻혔다는 것이었습니다.

제가 무슨 말을 하려는 건지 이미 눈치 채셨겠지요? 바로 그 동년배 여성의 매장이 미야코의 끔찍한 범죄의 출발점이 되었습니다. 혹시 그런 일이 없었다 할지라도 미야코는 틀림없이 다른 방법을 생각해냈을 테지만, 다른 어떤 방법보다도 이 매장자를 이용하겠다는 악마의 착상이 그녀를 매료시켰습니다.

지바 현이라고는 하지만 이치카와 부근이기에 도쿄에서 자동차로 왕복하기란 식은 죽 먹기와도 같습니다. 미야코가 어떤 방법으로 그렇게 했는지는 모르겠지만, 나중에 아이코 씨를 유괴한 방법에 견주어 생각해보면, 그녀는 한 남자 조수를 두고 있었던 듯합니다. 그는 틀림없이 자동차 운전이 가능한, 건강한 젊은이였을 겁니다. 그런 조수를 어떻게 손에 넣었을까? 아마도 돈으로 고용했던 거겠지요. 미야코는 집을 나갈 때, 저금 15만 엔을 가지고 갔으니까요.

물론 무덤이 파헤쳐져 그 친구의 시체가 옮겨진 겁니다. 그리고 얼굴에 상처를 낸 뒤, 서둘러 석고상으로 만들었습니다. 미야코는 와타누키 군의 제자로 들어갔을 정도였으니, 석고상 제작법 정도는 틀림없이 알고 있었을 겁니다. 그런 미술적 재능은 타고난 여자였습니다.

그 석고상을 와타누키 군이 자리를 비운 사이에 아틀리에의 문 안으로 옮겨놓고 어딘가에서 전화를 걸어 그 자동차 회사의 자동차를 부른 겁니다. 그렇게 와타누키 군의 작품인 것처럼 보이게 해서 운반을 의뢰한 겁니다. 그 교섭에는 예의 남자 조수를 이용했거나, 미야코 자신이 남자로 변장하여 대응했을 테지요.

그 대역을 위한 아가씨의 오른팔에 미야코의 것과 완전히 똑같은 상처가 있었던 것은 거의 기적에 가까운 우연이었으나, 그런 우연이 있었기에 미야코도 그 정도로 커다란 일을 결행할 마음이 들었던 거겠지요. 연령대도 키도 비슷했다는 사실, 팔에 상처가 있다는 사실, 매장되었다는 사실, 그 이중

삼중의 우연이 마침내 그 정도로 기괴한 범죄를 가능하게 한 겁니다. 물론 미야코는 학생 시절부터 그 상처가 일치한다는 사실을 틀림없이 알고 있었을 겁니다.

미야코는 복수극에 들어가기에 앞서 우선 그녀 자신을 이 세상에서 말살하는 데 성공한 겁니다. 그녀 자신을 첫 번째 피해자인 것처럼 꾸미는 데 성공했기에 이제는 무슨 짓을 해도 절대로 안전할 터였습니다. 이렇게 해서 악마의 지혜는 동화 속에 나오는 투명망토를 손에 넣을 수 있었던 겁니다."

아케치는 거기에 엎드려 울고 있는 미야코에게 단 한 번도 질문을 하지 않았으나, 그녀가 이 추리를 듣고 있었던 것만은 말할 필요도 없는 사실이었는데, 그런 미야코 자신이 아무런 부정의 말도 하지 않고 부정의 몸짓도 하지 않았으니 아마도 아케치의 추리가 대부분은 적중했던 것이리라.

사람들은 그 모습을 보고 아케치의 말이 제아무리 기괴하다 할지라도, 논리정연한 그의 추리와 범인 자신이 보이는 무언의 긍정으로 그것을 믿지 않을 수 없었다.

"그 매장된 관 속은 한동안 텅 빈 채로 있었는데, 미야코에게는 틀림없이 그것이 유일하게 마음에 걸리는 일이었을 겁니다. 그랬기에 아이코 씨를 살해하여 목적한 복수를 달성한 뒤 그 시체의 처리를 생각할 때, 그녀는 당연히 그 텅 비어버린 관을 떠올린 겁니다.

참살한 시체를 숨기는 데 땅에 묻힌 관 속에 숨기는 것보다 더 좋은 장소가 있을까요? 더구나 그렇게 해놓으면 죽은 친구의 시체를 훔쳤다는 사실은 영원히 발각될 염려가 없습니다. 훗날 혹시 그 무덤이 파헤쳐진다 할지라도 거기에는 대리자인 아이코 씨의 백골이 떡하니 누워 있을 테니까요. 광인의 뛰어난 지혜입니다. 광인이 아니고는 생각해낼 수 없는 착상입니다.

　다락방에서 스스로 극약을 뒤집어쓴 것도 역시 광인의 뛰어난 지혜에 속하는 소행이었습니다만, 평범한 광인이 아니라 범죄에 있어서는 한 치의 빈틈도 없는 범인이기에 그때 얼굴과 함께 오른쪽 팔에 있는 상처도 극약으로 태워 없애기를 잊지 않았습니다. 필요 이상으로 손과 가슴에 극약의 흔적이 남아 있었던 이유는 그것을 숨기기 위해서였던 겁니다.

　얼굴은 알아볼 수 없게 되었고 징표가 되는 상처는 숨겨졌습니다. 게다가 초췌하게 말라 있었기에 어머니조차 저 여자가 미야코라는 사실을 알아보지 못한 것은 어찌 보면 당연한 일이었습니다. 뿐만 아니라 어머니도 경찰도 미야코는 이번 사건의 첫 번째 희생자라고 믿어 의심치 않았었으니까요.

　범인은 병원에 입원하자마자 정신이 이상해진 것처럼 가장하고 구슬픈 동요 등을 불러 사람들의 동정을 샀습니다.

그리고 저 여자는 내심 레이코 씨가 문병 오기를 기다리고 있었을지도 모릅니다. 레이코 씨는 그대로 그 덫에 걸려버리고 말았습니다. 저 여자는 자신의 모든 연기력을 다 동원하여 당신의 동정심을 불러일으켜 당신이 이곳으로 데려오지 않을 수 없게 만든 겁니다. 그리고 보기 좋게 그 목적을 달성했습니다. 나머지는 오늘 밤과 같은 기회가 오기를 기다리기만 하면 됐던 것입니다.

저는 예전부터 이런 일이 일어나리라 예상하고 있었습니다. 하지만 지금까지 드린 말씀으로도 알 수 있는 것처럼 제 추리에는 직접적인 증거가 하나도 없었습니다. 그리고 이 추리의 비현실성이 저를 망설이게 만들었습니다. 아무리 조리에 맞는다 할지라도 그것은 광인의 나라에서나 가능한 추리였으니까요. 범인 자신의 어떤 소행을 제 눈으로 직접 보기 전까지는 마음을 놓을 수 없었습니다.

그랬기에 레이코 씨의 신변을 보호하겠다는 구실로 아이자와 씨에게 허락을 얻어 이렇게 변장을 하고 이 집에 들어온 것입니다. 그리고 저 여자의 거동을 밤낮없이 감시하고 있었습니다. 제게 자신이 없었기에 레이코 씨를 그런 위험에 빠지게 한 점에 대해서는 참으로 죄송하게 생각하고 있습니다.

범인이 어째서 레이코 씨를 두 번째 복수의 대상으로 삼았는지, 그것은 자세히 말씀드릴 필요도 없으리라 생각합니다. 광인의 모든 관심은 시라이 씨에게만 쏠려 있었습니다. 시라이 씨와 친교를 맺고 있는 여성은 전부 저 여자의 적이었던 셈입니다. 병적인 질투심입니다. 저 광녀에게는 그런 쪽의 고통이 일반인보다 몇 배, 몇 십 배 더 확대되어 느껴지는 겁니다.

이성의 친구를 괴롭히는 것은 한편으로는 배신한 시라이 씨에 대한 복수도 되는 셈이니까요. 그리고 당신에 대한 직접적인 행동은 저 여자의 마지막 대사업으로 소중하게 남겨져 있었던 걸지도 모릅니다.

이것이 대략적인 저의 생각입니다. 더욱 자세한 성격과 심리 문제에 대해서는 저 여자 자신의 고백을 기다리는 수밖에 없습니다."

아케치가 긴 이야기를 마치고 입을 다물자, 사람들의 시선이 자신들도 모르게 거기에 엎드려 있는 미야코의 등으로 쏠렸다.

미야코는 처음의 자세를 조금도 바꾸지 않은 채, 돌이라도 되어버린 것처럼 꼼짝도 하지 않고 있었다. 희고 거대한 공과 같은 머리가 앞으로 겹쳐놓은 두 손 위에 힘없이 얹어져 있는 모습은 우습기도 하고, 그랬기에 또 소름이 돋을 만큼 섬뜩하기도 했다.

사람들은 서로의 얼굴을 마주보며 이 기괴한 생명체를 어떻게 처리해야 좋을지 서로의 눈에 묻고 있었다.

"아버지, 좀 보세요. 저 사람, 숨을 쉬지 않아요."

민감한 레이코가 가장 먼저 그 사실을 깨닫고 공포의 외침을 올렸다.

"뭐, 숨을 쉬지 않는다고?"

자리에서 일어난 아이자와 씨가 다가가 여자의 어깨를 흔들어보았으나 아무런 반응도 없었다. 공과 같은 얼굴을 들어보아도 손을 놓으면 둔탁한 소리를 내며 다다미 위에 그대로 떨어져버렸다. 아이자와 씨는 서둘러 여자의 손목을 쥐어 맥을 살폈다.

"죽었어. 아케치 씨, 이 여자 죽었습니다."

그 크고 날카로운 외침을 명탐정은 조용히 받아들이며 대답했다.

"저는 아마도 그렇게 되지 않을까 생각하고 있었습니다. 그 여자는 이제 아무리 악마의 지혜를 짜낸다 해도 세상의 눈에서 벗어날 수 없게 되었습니다. 유일한 무기였던 투명 망토를 빼앗겼기 때문입니다. 자살 외에는 길이 없었던 겁니다.

아마도 최후의 순간에 자신의 목숨을 끊기 위한 약품을 준비해서 늘 가지고 다녔던 거겠지요.

생각해보면 저 여자도 가여운 사람입니다. 소행은 미워해야 할 테지만, 저 여자 자신의 죄라기보다는 그런 성격으로 만들어낸 유전과 환경도 고려해주지 않으면 안 됩니다. 공

권력의 손을 번거롭게 하지 않고 저 여자가 자기 자신을 사형에 처했다는 점은 관대하게 봐주어도 되지 않을까 싶습니다.

저는 단지 저 여자 자신의 입으로 악마의 고백을 듣지 못한 것이 안타까울 뿐입니다."

말을 마친 아케치가 평소의 그와는 어울리지 않게 깊은 한숨을 훅 내쉬었다.

작가 스스로 '기형아'라 불렀던
최고의 문제작!

엽기의 끝(12,000원)
에도가와 란포 지음

극단적인 예로 말하자면, 타인에게 살해당하거나 타인을 죽일 수밖에 없는 것이다.

그것이 엽기의 끝이다. 그러나 제아무리 엽기를 좋아하는 자라 할지라도(우리의 아오키 아이노스케라 할지라도), 제아무리 자극에 굶주렸다 할지라도, 설마 스스로 정말 범죄자로 전락하여 '엽기의 끝'을 맛볼 만큼의 용기는 없는 법이다.   —본문 중에서

끝없이 펼쳐지는 엽기행각, 그 결말은?

포에서 아가사 크리스티까지
이 한 권이면 끝!

추리소설 속 트릭의 비밀(12,000원)
에도가와 란포 지음

확률을 계산하는 정도까지는 아니라 할지라도 '이렇게 하면 상대방을 살해할 수 있을지도 모른다. 어쩌면 살해할 수 없을지도 모르지만, 그건 그때의 운명에 맡기겠다.'는 수단으로 사람을 살해하는 이야기가 탐정소설에서는 종종 묘사되고 있다. 물론 일종의 계획적 살인이지만, 범인은 조금도 죄를 추궁당하지 않는 매우 교활한 방법인데, 그런 방법으로 사람을 살해했을 경우 법률은 이를 어떻게 다룰까?   —본문 중에서

서양의 추리소설 속 트릭 총정리

옮긴이 **박현석**

대학 졸업 후 일본으로 건너가 유학 및 직장 생활을 하다 지금은
전문번역가로 활동 중이며 우리나라에 아직 소개되지 않은 유명
작가들의 작품을 소개하기 위해서 출판을 시작했다. 번역서로는
『붉은 수염 진료담』, 『계절이 없는 거리』, 『사부』, 『엽기의 끝』,
『추리소설 속 트릭의 비밀』, 『세계 3대 명탐정 단편 걸작선』,
『혈액형 살인사건』, 『나쓰메 소세키 수상집』외 다수가 있다.

지옥의 어릿광대

1판 1쇄 인쇄 2020년 11월 10일
1판 1쇄 발행 2020년 11월 20일

지은이 에도가와 란포
옮긴이 박현석
펴낸이 박현석
펴낸곳 효 人(현인)

등　록 제 2010-12호
주　소 서울시 도봉구 덕릉로 62길 13, 103-608호
전　화 010-2012-3751
팩　스 0505-977-3750
이메일 gensang@naver.com

ISBN 979-11-90156-16-5